KB190259

천사들은
살짝 녹은
아이스크림을
좋아한다

천사들은 살짝 녹은 아이스크림을 좋아한다

펴낸날 2024년 10월 23일

지은이 최형식
그림 김채원
펴낸이 주계수 | **편집책임** 이슬기 | **꾸민이** 이슬기

펴낸곳 밥북 | **출판등록** 제 2014-000085 호
주소 서울시 마포구 양화로 156 LG팰리스빌딩 917호
전화 02-6925-0370 | **팩스** 02-6925-0380
홈페이지 www.bobbook.co.kr | **이메일** bobbook@hanmail.net

※ 이 책은 순천시 노서관운영과 〈2024년 시민책 출판비 지원사업〉으로 제작하였습니다.

최형식 에세이집

천사들은
살짝 녹은
아이스크림을
좋아한다

밥북
BOOK

내 마음속 총천연색

책장 정리하다가 오래전 수첩과 사진을 보았습니다. 빛바랜 사진 속에서 활짝 웃는 당신의 표정은 여전히 밝아서 슬픕니다. 글로 남아 있는 그 시절 내 마음은 어제처럼 선명한데 당신이 없습니다. 잊고 싶다고, 세월이 가면 잊힐 것이라지만 아주 잊히는 것은 아닌가 봅니다. 설핏 지나버린 순간마저 고스란히 되살아납니다.

살다가 보니 거쳐 간 인연이 눈송이 같습니다. 만남은 잔가지 위에 앉은 눈송이가 바람결에 흔들리며 떨어질 때까지였고, 땅에 닿는 순간 속절없이 녹아 물 한 방울만큼 추억으로 스며들었습니다. 나는 아직도 우리가 함께했던 시간을 마음속 총천연색으로 간직하고 있습니다.

당신이 천사처럼 다가와 머물러 준 순간을 시처럼 쓰고 싶었습니다. 천사는 작은 나발을 불며 날아오기도 하지만, 눈물을 글썽이며 다가오기하고, 상처 입은 날개를 늘어뜨린 채 앉아 있기도 했습니다. 어떤 날은 살짝 녹은 아이스크림을 들고 조심조심 걸어왔습니다.

글 쓰는 법을 제대로 알지 못해 부족합니다, 하지만 말뚝도 잘 깎으면 예쁘다던 엄마 말을 따라 자꾸자꾸 다듬었습니다. 고운 당신과 미련한 나를 대접하려 책으로 엮었습니다. 당신도 아직 나를 기억하는지 궁금합니다. 그곳에서 잘 계신지요.

2024년 가을
최형식

차 례

1부

나는 아내에게 묵은 불만이 있었다

-여태껏 한 번도 물국수 말아보지 못한 이들을 위하여

　토요일 오전까지 근무하던 어느 날이었다. 퇴근 시간이 늦어져 점심밥이 어중간했다. 한 시간 남짓 걸리는 집까지 가서 먹자니 너무 배고팠다. 나는 버스정류장 옆에 있는 단골 식당에 들어가 물국수 곱빼기를 시켰다. 가까운 곳에 맛있는 국숫집이 있다는 것은 분명 행운이다. 잘 우려낸 장국에 쫄깃한 면, 그 위에 맛깔스러운 고명을 올린 물국수가 나왔다. 게 눈 감추듯 한 그릇 잘 드시고 행복한 마음을 안고 집으로 왔다.

　식구들은 그때까지 점심을 먹지 않고 나를 기다리고 있었다. 아내가 서둘러 밥상을 차렸다. 나는 차마 먼저 먹었다고 할 수 없어 식탁에 앉았다. 그런데 또 국수였다. 아내는 곱빼기나 다름없는 물국수를 내 앞에 내놓았다. 나는 가족을 실망시키지 않기 위해 냉큼 한 그릇을 비웠다. 하지만 내가 마지막 남은 국물을 그릇째 들어 후루룩 마실 때, 아내는 또 한 그릇을 말아 왔다.

내 탓이다. 평소에 나는 이렇게 말했다.

"돌아서면 배 꺼지는 국수는 반드시 두 그릇이어야 함!"

그 기준량이 차지 않으면 섭섭했다. 하지만 이번에는 달랐다. 무려 세 그릇을 먹자니 여간 곤혹스럽지 않았다. 어쨌거나 곱빼기 둘에 보통 하나를 다해치우고 나니, 속에서 슬슬 엉뚱한 불만이 올라왔다. 우리 집 국수 맛은 십 년 전이나 지금이나 별로 달라진 게 없다. 아내는 내가 좋아하는 국수에 너무 무관심한 것 같다.

식탁에서 물러앉아 속으로 불평하던 내 입에서 나도 모르게 혼잣말이 튀어나왔다.

"다음 주 토요일에는 내가 볶음우동 만들어 볼까."

그 말이 떨어지자마자 옆에 있던 딸내미가 좋아했다.

"볶음우동이라구요? 이름만 들어도 맛있겠어요!"

아들도 기다렸다는 듯 환호했다.

"아싸, 가오리!"

허 참! 꼭 그러겠다는 것이 아니라 그냥 해본 소린데 애들이 왜 이러나 싶었다. 하지만 이미 엎질러진 물. 나는 뱉은 말을 주워 담지 않았다. 겁도 없이.

며칠간 인터넷을 뒤져 조리법을 숙독했고, 당일 아침에 마트에서 새우살 조갯살 등 다양한 요리 재료를 준비했다. 그리고 A4용지로 출력한 레시피를 눈높이에 맞게 딱 붙이고 앞치마를 둘렀다. 썰고 삶고 데치고 볶고 오로지 조리법에 적혀 있는 그대로 충실히 따랐다. 그 랬더니 마침내 '아빠표 볶음우동'이 나왔다.

내 생애 첫 작품이 식탁 위에 올랐다. 맛있는 향기와 색색의 고명! 뭔가 있어 보였다. 그런데 결정적으로 맛이 별로였다. 볶음우동은 삼빡하면서도 화끈해야 하는데 맵고 걸쭉했다. 원인을 찾아보니, 당연히 사용해야 할 우동면 대신 칼국수용 면을 사용하는 상식 이하의 짓을 한 것이다. 아내와 아이들은 매워서 콧물을 훌쩍이면서도 나를 타박하지 않았다. 칼국수 면을 창의적으로 활용한 요리 기술로 여긴 듯했다. 그 착한 마음들이 고마워서 나는 또 헛소리를 하고 말았다.
"다음 주에는 진짜 맛있는 작품을 만들어 볼게."
아, 대체 어쩌자고!

일주일 후, 나는 다시 앞치마를 두르고 싱크대 앞에 섰다. 이번에는 마음을 비우고 물국수를 만들기로 했다. 그동안 살면서 내가 먹은 국수가 수백 그릇은 될 터이니, 가족 앞에 내놓을 정도는 만들 수 있을 것 같았다. 그런데 물국수는 정말 장난이 아니었다. 볶음우동 만들 때처럼 재료를 한 번에 볶아 올리는 것이 아니라, 무려 3단계 과정을 거쳐야 하는 요리였다. 더구나 아내는 외출하고 없었다.

나는 1단계 장국 만들기부터 허둥댔다. 멸치만 넣고 끓이면 장국이 되는 줄 알았는데 조리법을 보니 반드시 다시마를 함께 넣어야 했다. 다시마를 찾아 주방을 이 잡듯 뒤졌다. 아까운 시간만 흘러갔다. 결국 아내한테 전화해서 다시마를 찾아 장국을 만들었다. 장국 맛이 조금 이상했다. 시원하고 깔끔한 맛을 기대했건만 심심하고 텁텁했다. '괜찮아. 괜찮아. 이 또한 별미가 되리니. 통과!'

2단계에 양념장 만들기 단계에 들어서자, 눈이 어지러웠다. 다진 마늘 5쪽, 다진 생강 3쪽, 대파 1/2대, 간장 1큰술, 설탕 1작은술, 다진 파 1큰술, 다진 마늘 1/2작은술, 참기름 1작은술, 깨소금 1큰술, 후춧가루. 휴! 국수 양념장 한 종지를 만드는데 왜 이다지 많은 것들이 필요한지 이해할 수 없었다. 나는 처마 밑에서 비를 맞고 있는 땅중처럼 줄곧 구시렁거렸다. 국수를 한 번도 안 만들어 본 사람은 절대 뭐라고 토를 달지 말아야 한다. 웃을 일이 아니다.

호흡을 가다듬고 마늘을 깠다. 몇 개 못 까고 손끝에 불이 났다. 더구나 깐 마늘을 꼬마 절구에 찧으니 사방으로 파편이 날아가 남는 게 없었다. 그렇게 몇 차례 버벅거리다가, 결국 달걀노른자로 지단 부치는 과정에서 한계에 봉착했다. 달걀 지단이 구겨진 내 마음처럼 자꾸 흐트러졌다. 지단을 부치느니 차라리 물티슈로 빈대떡을 부치는 편이 낫겠다 싶었다. 아내는 혹시 이 상황을 예견하고 피신한 게 아닐까?

고명 만드는 단계를 얼렁뚱땅 넘기고 바로 국수를 삶았다. 삶은 국수를 건져 물기를 빼고 아까 만들어놓은 장국과 양념장을 부었다. 그래도 뭔가 느껴지는 아쉬움은 깨소금으로 보완하고 마지막으로 실고추를 살짝 얹어 격식을 차렸다. 하지만 정성은 맛에 비례하지 않았다. 너무 맛이 없어서 눈물이 날 지경이었다. 나는 오랜 기다림 끝에, 오로지 허기를 채우기 위해 아빠표 국수를 먹어야 하는 아이들을 보며 통렬히 반성하였다.

물국수 한 그릇을 온전하게 만드는 일이 이렇게 어려울 줄 정말 몰랐다. 생각해 보니 소소하다고 여겼던 부엌일이 다 그랬다. 감자 껍질 벗기기, 콩나물 다듬기, 마늘을 까서 적당하게 빻기, 고구마 줄기 벗기기, 멸치 똥 따기 등은 소소한 가사 노동이 아니라, 가족을 위한 성스러운 봉사활동이었다.

나는 끼니마다 밥상을 차리는 세상의 모든 여성 또는 남성들에게 마음 깊이 존경을 드렸다. 이제 아내가 제공하는 모든 먹을거리에 불만이 없다. 요즘은 가끔 식사 후 고무장갑 끼고 설거지하는 무수리 역할로 만족할 뿐, 괜히 주방 근처를 얼씬거리지도 않는다. 대신 때때로 아내가 새로 만든 반찬이나 별미가 식탁에 오르면 얼른 한 숟가락 맛보고 속 보이는 아부를 잊지 않는다.
"오, 쥐기는데!"
"따봉!"
기분이 좋아 더 아부하고 싶을 때는 첫술을 뜨고 흠칫 놀라는 표정을 지으며 아내를 향해 말없이 엄지손가락을 세워 보인다. 무릇 요리의 완성은 대접받는 이의 약간 과장된 표정 연기이니까.

국수 한 그릇 말아 보니, 나는 아직도 성급하고 참을성이 부족하며 대책 없이 큰소리만 치는 아저씨임을 알았다. 그리고 늘그막에 윤기 있는 삶을 살고자 한다면, 나름대로 별미 하나 정도는 뚝딱 만들어 내놓을 수 있어야 하지 않나 생각했다. 단, 물국수는 빼고.

말괄량이 조카를 누가 길들이랴

-여섯 살 조카와 삼촌의 여름날 한 판 승부

휴가 때, 시골 누나 집에 다녀오는 길에 여섯 살 조카를 데리고 왔다. 이름은 '김채원'이다. 채원이는 혼자서도 잘 논다. 기특할 정도다. 내가 선풍기 앞에서 하품을 하든 말든, 텔레비전을 켜놓고 졸든 말든, 저 혼자 노래하고 춤도 춘다. 무료해진 내가 슬쩍 다가가 말을 걸어도 '뭔 일 있수?'라는 듯 쳐다보기만 해서, 중년의 외삼촌을 머쓱하게 할 정도다.

채원이는 건방지기도 하다. 제 나이보다 무려 일곱 배가 넘는 나에게 대놓고 반말이다. '이리 와봐!' '저것 해줘!' 따위의 명령형 말투는 예사고, '배불뚝이!' '바보야. 메롱!' 등 인신공격성 발언도 서슴지 않는다. 기분 좋으면 시키지도 않은 개다리춤을 선보이지만, 수틀리면 눈초리를 새초롬하게 올리고 고집 피우는 품새가 장난이 아니다.

집으로 돌아오던 날, 누나에게 철없는 외동딸의 훈육 교사를 자청하였다. '범 무서운 줄 모르는' 하룻강아지 김채원을 우리 집으로 데려와 외삼촌의 권위와 위상을 체험시켜, 마침내 어른에 대한 공경심과 반듯한 예의범절을 갖춘 참한 꼬마 아가씨로 길들일 것을 약속했다.

채원이와 함께 집으로 온 나는 우선 말수를 줄였다. 또한 적절한 지도 조언과 언어교정 활동을 병행하였다. 꼬마의 적응력은 역시 대단했다. 한 사흘쯤 지나니 효과가 보였다. 식사 전에 '잘 먹겠습니다'와 식사 후 '잘 먹었습니다'라는 인사말은 안 시켜도 따라 할 정도였다. 맹모삼천지교는 정말 멋진 교육 방법임을 실감하였다.

매일 오전 10시, 내 아들딸은 책상에 앉는다. 책상 위쪽 벽에는 '방학 한 달 잘 보내면 새 학기가 즐겁다!'라고 쓴 표어가 붙어있다. 알뜰한 방학 생활을 위해 내가 손수 지어서 붙여 준 것이다. 날씨는 덥고 에어컨은 없지만 내 새끼들은 땀을 흘리며 학습에 열중했다. 무심코 언니 오빠 모습을 보고 있던 채원이가 백지 한 장을 들고 내게 다가왔다.

"삼촌! 나도 글 써줘! 공부할래."

옳거니! 나는 언니 오빠의 불타는 향학열이 마침내 말괄량이 꼬마 아가씨에게 닿았음을 직감하였다. 갑자기 튀어나온 녀석의 반말에 한마디 하고 싶었지만, 대의를 위해 눈을 감았다. 그리고 백지 맨 윗줄에 채원이가 따라 쓸 문장을 큼지막하게 써 주었다.

나.는.외.삼.촌.이.최.고.좋.아.요.

내가 쓴 문장을 받아 든 채원이가 더듬더듬 읽었다. 아들과 딸은 킥킥거렸고 나는 좀 겸연쩍었다. 하지만 뭐 어때. 글자도 익히고 어른에 대한 공경심도 기르니 꿩 먹고 알 먹는, 이른바 통합 학습이 아니겠는가. 채원이도 외삼촌의 깊은 속을 헤아렸는지 두말하지 않고 밥상 겸 책상으로 갔다.

방바닥에 비스듬히 누워 세 명의 학동이 학업에 열중하는 모습을 보니 뿌듯했다. 말괄량이 채원이가 단정한 자세로 또박또박 글 쓰는 모습을 누님이 봐야 할 텐데…, 누님은 내게 얼마나 감사해할까. 나는 괜히 으쓱한 기분이 들어, 누나가 나에게 제공할 반대급부를 머릿속으로 헤아려 보았다.

내가 그런 공상에 잠겨 있는 동안, 아이들이 공부를 마치고 주섬주섬 뒷정리하였다. 그런데 채원이 눈치가 이상했다. 보통 때는 제가 쓴 글을 자랑하고 싶어 안달인데 학습 결과물을 그냥 가슴에 안고 오락가락하고 있었다. 나는 속으로 삐뚤빼뚤 쓴 글씨가 민망해서 그러려니 하고, 텔레비전 야구 경기 시청에 몰두했다.

그런데 채원이가 쓴 글을 본 아들과 딸이 빵 하고 터졌다. 뭔데? 뭔데? 얼른 채원이가 쓴 과제를 낚아채 보았다. 아뿔싸! 백지 맨 윗줄에는 분명 '나.는.외.삼.촌.이.최.고.좋.아.요'였는데 채원이가 아래에 따라 쓴 내용은 그것이 아니었다. 또박또박 써 야무지게 써내려간 문장은 이랬다.

나.는.외.삼.촌.이.시.러.

맹모삼천지교가 한순간에 와르르 무너졌다. 하도 기가 막혀 허허 웃고 말았지만, 훈장님 체면이 말이 아니었다. 아들과 딸은 나를 위해 채원이를 설득하였다.

"채원아, 외삼촌이 널 얼마나 좋아하는데 왜 그랬어?"

"외삼촌 좋아요라고 써 봐. 응? 우리 채원이 참 착하지?"

그러자 채원이는 인심 쓰듯 '그래 좋아!' 하고는 '시러'라는 글자 위에 가위표를 그었다. 그리고 맨 밑줄에 덤으로 한 줄 써 주었다.

나.는.외.삼.촌.이.최.고.좋.아.요.

작전을 바꾸기로 했다. 다음 날 학동들이 어제 돌발상황을 잊어버린 듯한 저녁, 나는 어린 조카가 외삼촌의 따스한 목소리를 느낄 수 있도록 최대한 다정스럽게 말을 걸었다.

"채원아. 먹고 싶은 거 없어? 삼촌 지금 슈퍼 갈 건데…"

채원이는 슈퍼 간다는 말에 두말 않고 따라나섰다. 나는 꼬마 손목을 꼭 잡고 조심조심 계단을 내려갈 참이었다. 삼촌과 조카가 서로 온정을 느끼며 다정하게 걸어보자는 무언의 제안이라고나 할까.

그런데 요 녀석은 동구 밖에 마실 나온 강아지 마냥 저 혼자 쪼르르 앞서 달려나갔다. 그리고 여기 기웃 저기 기웃거리며 도무지 정을 나눌 틈을 주지 않았다. 내가 슈퍼에서 우유와 사이다를 살 때 녀석이 껌 한 통을 챙기고 나와서도 그랬다. 자전거와 킥보드가 지나가는 길을 겁도 없이 요리조리 피하며 저만치 앞서 걸었다. 에휴, 나는 우유와 사이다가 들어 덜렁거리는 비닐봉지를 들고 녀석의 꽁무니를 허겁지겁 따라갔다.

정서적 교감을 나누어 보리라는 희망 사항은 벌써 물 건너간 듯했다. 그럭저럭 아파트 계단 입구에서 앞서가던 녀석이 휙 돌아서며 말했다.

"여기 맞아요?"

똑같이 생긴 아파트 입구가 헷갈린 모양이었다. 난 괜히 심통이 나서 '아닌 것 같은데' 하며 슬그머니 지나치는 척했다. 그런데 채원이는 다 알고 있다는 듯 다시 계단을 쪼르르 오르기 시작했다. 어쭈구리? 나는 재빨리 계단 밑쪽에 몸을 숨겼다. 콩콩 계단을 오르던 채원이도 내 기척을 살피려는 듯 발걸음을 멈추었다.

사십 대 중반 외삼촌과 여섯 살 조카의 팽팽한 신경전은 몇 초간 팽팽하게 이어졌다. 하지만 내가 고개를 삐쭉 내밀어 올려다보는 순간 태연히 내려다보고 있던 채원이 눈과 마주치고 말았다. 채원이가 손짓을 하며 말했다.

"같이 가자. 뽀뽀해 줄게."

으잉? 뽀뽀? 그것은 일 년에 한 번 있을까 말까 하는 호의였다. 나는 계단을 두 칸씩 성큼성큼 올라 채원이 옆으로 다가갔다. 그리고 무릎을 조금 굽혀 자세를 낮추었더니 채원이는 정말 내 왼쪽 볼에 뽀뽀를 선사했다. 내가 활짝 웃으며 손을 내밀자, 고사리 같은 제 손을 흔쾌히 맡기며 말했다.

"집에 가서 뽀뽀 한 번 더 해줄게요."

뜬금없는 채원이의 파격적인 호의에 나는 얼떨떨해졌다. 그런 서정적 감정을 유발한 동기가 무엇인지 분석할 수가 없었다. 하지만 교육의 길은 멀고 험해도 사랑으로 함께할 수 있는 감성은 생각보다 훨씬 가까이 있는 듯하여 기분 좋았다.

그러나 상황이 또 어떻게 반전될지 아무도 모른다. 넓은 토란잎 위에 앉은 맹꽁이가 어느 방향으로 튈지 누가 알 수 있을까. 꼬마 아가씨 채원이가 제집으로 돌아갈 날이 닷새 남았다.

천사들은 살짝 녹은 아이스크림을 좋아한다
-그늘 밑 나무 의자에 앉아

야영 수련 활동 이틀째, 그 아이가 기어코 사고를 쳤다. 불현듯이 달려들어 옆에 있는 친구를 때린 것이다. 돌발적인 폭력에 놀란 강사들은 그 아이를 강사 사무실에 따로 떼어 놓고 담임인 나한테 연락했다. 허겁지겁 가보니, 아이가 덩그러니 앉아 있었다.

섬처럼 홀로 있는 아이를 보니 호되게 야단치려던 마음이 흔들렸다. 아이는 내가 다가가자 "언제 과자 사 먹으러 가요?"라고 했다. 나는 질문을 무시하고 "왜 또 친구를 때렸냐? 안 그러기로 약속하지 않았느냐"라며 다그쳤다. 아이는 고개를 숙인 채, 말없이 내 손을 잡고 만지작거렸다. 불안정한 집착이다.

아이는 교실에서도 가끔 친구한테 와락 달려들었다. 그중 종윤이가 자주 손찌검을 당했다. 하지만 종윤이는 한 번도 되받아치지 않았다. 마치 쫓기는 고양이처럼 친구들 사이로 몸을 피할 뿐이었다. 종윤이와 우리 반 아이들은 마음이 아픈 친구를 귀찮아하지도 않고 특별하게 대하지도 않았다. 그 아이가 이번 야영수련활동에 동참할 수 있었던 것도 어쩌면 무심한 듯 받아주는 반 친구들 덕분이었다.

　시간이 조금 지나자, 아이가 잡고 있던 내 손을 놓았다. 언제나처럼 폭풍이 지나간 바다같이 평온해졌다. 나는 그 아이를 일으켜 세워 친구들이 활동하고 있는 목공예장으로 갔다. 아이들은 작품 만들기에 한창이었다. 동그란 탁자 맞은편에 있는 종윤이도 나무 목걸이 만들기에 여념이 없었다. 나는 강사들의 우려스러운 눈빛을 외면하고 아이를 제자리에 앉혔다. 그리고 내팽개친 나무 목걸이를 주워 함께 만들기 시작했다.

　바늘처럼 얇은 자개 조각을 핀셋으로 집어, 동전 크기만 한 나무 목걸이에 붙여서, 자기 이름을 꾸미는 활동이었다. 그런데 자개 조각이 너무 얇고 가늘어 여간 성가신 게 아니었다. 게다가 나는 급히 오너라 돋보기마저 챙겨 오지 못했다. 자개 조각이 핀셋 끝에서 자꾸 미끄러졌다. 그러다가 얼떨결에 모둠원이 함께 쓰는 접착제 통을 쏟아버렸다.

　도와주지 못할망정 도리어 아이들한테 방해가 되다니⋯ 허겁지겁 책상 위에 흘린 끈끈한 액체를 닦고 있는데 까닭 모를 서글픔이 달려들었다. 나는 망연히 앉아 있는 아이 손을 잡고 도망치듯 목공예장을 빠져나왔다. 아이가 어디 가느냐고 물었다. 나는 아까 과자 먹고 싶다고 하지 않았냐고 말했다.

우리 둘은 야영 수련원을 빠져나와 동네로 향하는 내리막길을 터벅터벅 걸어갔다. 아이도 마음이 홀가분해진 듯 콧노래를 흥얼거렸다. 하지만 내 마음속 파도는 아직도 출렁거렸다. 아이한테 왜 친구를 때렸냐고 물어보았다. 그 이유만이라도 알면 내가 도와줄 수 있을 것 같았다. 아이는 미간을 좁히고 잠시 생각하더니 잘 모르겠다고 대답했다. 그리고 말했다.

　"종윤이한테 아이스크림 사줄 거예요."

　동네 가게에서 아이스크림 세 개를 샀다. 아이는 냉큼 아이스크림을 먹지 않고 야영 수련원 가는 길 쪽으로 나를 이끌었다. 아이스크림이 녹기 전에 먹고 싶은 것 같았다. 우리는 서둘러 오르막길을 걸어 돌아왔다. 나는 수련원 뜰 앞, 커다란 나무 그늘이 있는 의자에 아이를 앉혀 놓고 종윤이를 데리러 갔다.

　목걸이 공예는 막바지 과정으로 접어들고 있었다. 나무 목걸이에 자신의 이름을 다 꾸민 아이들이 줄을 서서 유약 칠할 차례를 기다리고 있었다. 그 속에 키 작은 종윤이가 보였다. 종윤이도 제 손바닥 위에 목걸이를 올려놓고 줄을 서 있었다. 그런데 다른 아이들과 달리 종윤이는 나무 목걸이를 양손에 하나씩 들고 있었다. 하나는 자기 이름이, 다른 하나는 자기를 괴롭힌 아이 이름이 있었다. 아까 우리가 만들다가 포기한 것이었다.

　"둘 다 네가 만든 거냐?"

　종윤이가 해맑게 고개를 끄덕였다. 그 순간 내 가슴 깊은 곳에서 무엇이 올라와 울컥하였다. 아이의 맑디맑은 눈에서 형언할 수 없는 평화로움 같은 것이 온몸을 감싸주었다. 나는 눈물이 날 듯 느껴져 작은 어깨를 감싸 안고 밖으로 나왔다.

　우리는 커다란 나무 그늘 아래 긴 의자에 함께 앉았다. 아이들은 아까 일은 까맣게 잊은 듯 마주 보고 활짝 웃었다. 수많은 나뭇잎 사이로 화사한 빛이 보석처럼 쏟아져 내렸다. 그 아래에 날개를 감춘 천사들이 살짝 녹은 아이스크림을 맛있게 드셨다.

내 마음속 총천연색

-가슴이 아프거나 바보처럼 울거나

내 기억 속의 첫 유행가는 진송남의 히트송 '바보처럼 울었다'이다. 고작 아홉 살이었던 아이가 왜 그렇게 청승맞은 노래를 좋아했는지는 나도 모른다. 하지만 그 시절 뽕짝은 남녀노소가 따로 없었다.

철물점을 하시던 아버지가 일과를 마치고 얼큰하게 취해 오시는 날이면, 우리 가족은 덩달아 기분이 좋았다. 당신은 우리 형제들을 한 줄로 세워 놓고 노래자랑을 시켰다. 부끄럼을 많은 두 살 터울 누나는 엄마 등 뒤로 가서 숨었지만, 일찍이 트로트에 자신이 있었던 나는 당당하게 아버지 앞으로 나가서 한 곡조를 뽑았다.

♪♬ 그렇게 그렇게 사랑을 하면서도
어이해 어이해 말 한마디 못 한 채
바보처럼 바보처럼 그 님을 잃어버리고
고까짓 것 해보건만 아무래도 못 잊어서

아무래도 못 잊어서 바보처럼 울었다. 목을 놓아 울었다 ♬♪

내 노래가 끝나면 여섯 살짜리 동생 차례였다. 이제 겨우 엄마 앞에서 짝짜꿍이나 할 어린 녀석이 꽤 조숙했는지 동생도 가요를 불렀다. 동생 18번은 남진의 '가슴 아프게'였다.

♪♬ 당신과 나 사이에 저 바다가 없었다면
쓰라린 이별만은 없었을 것을
해 저문 바다에서 떠나가는 연락선을
가슴 아프게 가슴 아프게
바라보지 않았으리 갈매기도
내 마음같이 목메어 운다 ♬♪

동생 노래가 끝나면 아버지는 아주 드러내 놓고 박장대소하셨다. 이해할 수가 없었다. 분명 형인 내가 훨씬 더 멋지게 잘 불렀는데 왜 동생 노래에 열광하실까. 이별의 이유가 바다 때문이라는 얼토당토 않은 그 노랫말이, 차마 하고 싶은 말을 하지 못하고 바보처럼 눈물 짓는다는 멋진 가사와 어찌 비견할 수 있단 말인가. 나는 진짜 불만이었다.

아버지는 동생한테 무조건 관대했다. 어느 봄날, 아버지와 동생과 내가 나란히 누워 라디오 연속극을 듣고 있었다. 그런데 아버지 옆에 누워 라디오를 듣던 일곱 살짜리 동생의 고사리손이 아버지의 헐렁한 러닝셔츠 속으로 쓱 들어가더니, 아버지의 가슴께에서 꼼지락 꼼지락대는 게 아닌가! 나는 그 광경을 보고 기절할 뻔했다. 아니! 아버지 맨살에 손을 대다니!

하지만 더 놀라운 것은 아버지 반응이었다. 당신은 막내의 허튼짓에 짐짓 시치미를 떼고 라디오 연속극에만 열중하고 계셨다. 아! 나는 그때 불현듯 동생이 아버지 사랑을 독차지한 비결을 알아차렸다. 나는 호시탐탐 기회를 엿보았고 얼마 지나지 않아 기회가 왔다.

그날도 톡톡 두드려야 소리가 나는 고물 라디오가 웽웽거렸고, 아버지는 두 팔로 뒷머리를 감싸 누운 채, 라디오를 듣고 있었다. 윗목에 있는 앉은뱅이책상에서 공부를 하던 나는 피곤한 척 기지개를 켜고 슬그머니 당신 곁으로 가서 누웠다. 아버지는 여전히 연속극에 빠져있었다.

나는 용기를 내어 아버지 쪽으로 돌아눕고, 한쪽 팔로 아버지의 홀쭉한 배를 안으면서, 부드러운 콧소리로 '아부지예' 하고 불러보았다. 그런데 아버지는 '이 자슥이 와 이라노?' 하는 표정으로 힐긋 보시더니 내 팔을 툭 쳐서 물리치셨다. 나는 쭈뼛쭈뼛 앉은뱅이책상으로 돌아와서 하던 숙제를 마저 하였다. 아마 그때 라디오 연속극에서는 실연당한 여인이 흐느끼는 듯한 음악이 흘렀을 것이다. 으으으…, 뻘쭘했던 장남의 굴욕이여!

이솝 이야기가 생각났다. 어느 집에서 집주인의 귀여움을 듬뿍 받고 사는 고양이를 부러워하던 망아지가, 주인이 있는 방으로 뛰어들어가 고양이처럼 아양 피우다가 쫓겨난 이야기. 막내가 하던 어리광을 명색이 장남이라는 놈이 따라 했으니, 지금 생각해도 얼굴이 화끈거린다. 얻어터지지 않길 다행이었다.

그 시절 저녁상을 물리고 노래자랑 하던 때가 우리 집 봄날이었다. 아홉 살짜리인 내가 보기에, 젊은 우리 엄마는 세상에서 제일 아름다웠고 우리 아버지는 영화배우보다 더 잘 생기셨다. 정말 그랬다. 명절날 우리 식구가 한복을 차려입고 산 넘고 물 건너 친척 집으로 가는 길을 걸으면, 시골 마을을 지날 때마다 사람들이 몰려나와 넋을 놓고 우리를 바라보았다.

하지만 그 후 걷잡을 수 없이 소용돌이 치던 세월에 휘둘려, 우리 봄날은 너무 일찍 가버렸고 내 마음의 가족사진은 총천연색 씨네마스코프로 남아있다. 남자 주인공 아버지, 여주인공 엄마 그리고 올망졸망 눈만 달린 우리들⋯.

곱창을 드시는 법

-비 오는 날, 두 엄마와 두 아들의 통화

오월이 코앞인데 날씨가 차다. 비까지 온다. 오늘 일기를 안 써 온 아이는 세 명이다. 그중 두 명은 벌 청소가 끝나자마자 일기를 쓰고 총총히 집으로 갔다. 하지만 우리 지태는 아직 일기장조차 꺼내지 않는다. 나는 이미 좋은 말로 두 번이나 경고했다.

"지태야, 얼른 일기 쓰고 집에 가야지."

들은 척 만 척, 지태는 하릴없이 교실에 남은 다른 농땡이들과 세월 좋게 노닥거리고 있었다. 그러다가 시간이 흘러 함께 놀던 농땡이들 마저 하나둘 빠져나가고, 교실에는 지태와 내가 남았다. 느림보 거북이는 그제야 어기적어기적 일기장을 펼치더니 연필 뒤꼭지를 물고 있었다. 그렇게 한참 생각에 잠겼다가 내게 물었다.

"선생님, 사람 목구멍으로 내려가는 길을 뭐라 해요?"

"기도? 식도?"

"아하!"

잠시 후, 지태가 또 묻는다.

"선생님, 사람이 똥 눌 때 내려가는 줄기를 뭐라 해요?"

"창자?"

"아! 맞다. 창자!!"

생뚱맞은 질문을 하더니 또 턱을 괴고 초점 잃은 시선으로 생각에 빠져있다. '에휴, 이제 글감을 고르나 보다.' 나는 닦달을 포기하고 밀린 내 업무에 열중했다. 한참 있다가 내가 물었다.

"지태야, 몇 줄 썼냐?"

"한 줄요."

아이고, 두야! 빗줄기는 굵어지는데 어쩔 셈인가. 오히려 내가 답답해졌다. 나는 교실을 나와 교사 휴게실로 갔다. 커피 한잔을 타서 나오다가 탁자 위에 놓인 여선생님들의 간식거리를 발견하였다. 잠시 혼자서 자문자답했다.

'지태 하나 갖다 줄까?'

'남아서 일기 쓰다가 과자 먹는 재미 들면 어쩔 거시여?'

'그래도 아이 앞에서 혼자 홀짝홀짝 커피를 마실 수는 없잖아?'

'그렇다면 주든지 말든지.'

나는 한 손에 커피잔을 다른 손에 과자를 들고 교실로 돌아왔다. 지태는 "아이, 안 주셔도 되는데"라고 말하며 넙죽 과자를 받았다. 우리는 넓은 교실에서 각각 간식을 챙겨 먹었다. 창밖에 고즈넉하게 내리는 비를 보니 갑자기 시골에 혼자 계시는 어머니 생각이 났다. 생각난 김에 전화를 했다.

그곳에도 비가 오고 당신도 방 안에서 혼자 소일거리 하신단다. 나는 벌써 수업을 마쳤고 지금 교실에서 꼬마 한 명과 한가한 시간을 보내고 있다고 안부를 전했다. 그리고 다짜고짜로 "우리 반에서 제일 귀여운 아이가 있는데 목소리 한번 들어 보시렵니까?"라고 말했다. 당신도 사양하지 않으시고 호호 할머니처럼 웃었다.

"지태야, 선생님 엄마하고 통화 한번 해볼래?"

지태가 연필을 놓고 빙그레 웃으며 앞으로 걸어 나왔다. 지태 귀에 전화를 대어 주면서 '할머니 안녕하세요?' 하랬더니 곧이곧대로 '할머니 안녕하세요?'라고 했다. 생면부지의 낯선 할머니와 꼬마 아이의 통화가 빗소리처럼 정겨웠다. 할머니는 무어라고 당부하시고 지태는 몇 번 '예, 예'를 반복했다. 지태가 짧은 통화를 끝내고 빙그레 웃으며 휴대폰을 돌려주었다.

"할머니가 뭐라 하시던?"

"음…, 공부 열심히 하고요. 선생님 말씀 잘 듣고요. 커서 훌륭한 사람 되고요."

어머니는 당신이 젊은 엄마였을 때 어린 나에게 했던 말 그대로 지태한테 말씀하셨다. 그러고 보니 지태도 제 엄마 생각이 날 것 같았다.

"지태야, 선생님 엄마한테 전화해 봤으니까 너도 엄마한테 전화해 보자."

휴대폰을 지태한테 건넸다. 지태가 토실토실한 손가락으로 번호를 눌렀다.

"엄마, 나 지금 교실에서 일기 쓰고 있어요."

딱 그 한마디 하고 바로 나를 바꿔 주었다. 얼떨결에 받아 인사를 하였다.

"반갑습니다. 지태 어머니."

이 귀여운 꼬마와 인연을 맺게 해준 분이 진심 반가웠다. 지태가 가끔 일기 쓰기를 빠뜨리기는 하지만, 인사도 깍듯이 잘하고 목소리도 엄청 귀엽고, 독특한 생각을 나름 정리해서 발표도 잘한다고 말했다. 또한 보시다시피 우리는 아주 친하게 잘 지내고 있다고 했다. 그렇게 말하고 전화를 끊고 나니 지태도 나도 약간 우쭐해졌다.

두 엄마와의 통화가 끝나자 두 아들은 한결 상쾌해졌다. 지태는 띄어쓰기를 무척 싫어한다. 하지만 자신이 경험한 일을 글감으로 표현하는 능력은 탁월하다. 지태의 일기 쓰는 속도가 급속도로 빨라졌다.

<제목: 돼지 막창>

막창은 돼지창자로 만든 고기이다. 땡초와 파를 넣고 쌈장을 놓으면 막창전용쌈장 돼지막창은 쫄깃한게 육집이 좌르르 막입으로 먹으면 맛이없지 전용쌈장에다가 찍어먹으면 이게 100%로 진정한 맛이다.
막창을 만드는 방법은 일단 막창에다가 냄새가 안나게 소금을 뿌리고
① 그리고 전용쌈장을 만들려면 그냥 쌈장을 사서 땡초 파를 넣으면 끝
② 그리고 막창을 꾸울때 불을 최대로 불을 올려주고 2분정도 있다가 막창을 뒤집어주고 전용쌈장에 찍어먹으면 내가 이때까지 이영마한테 혼난 스트레스가 부드럽게 사르르 화가 녹아내린다. 선생님도 저땜에 화가 나셨을 거예요 그거 드시고 화 푸세요 비록 홍삼보다 좋은게 아니에요 선생님 초콜릿복근 만든다면서요 비록 작게 먹어도 되는데 많이 드시면 초콜릿복근이 아니라 녹은 초콜릿이에요
그리고 선생님 선생님 어머니한테 선생님이 효자니까 막창 더많이 사서 구워 드시곤 하세요.

일기를 검사하는 내 입에서 군침이 돌았다. 나는 기꺼이 칭찬해 주었다. 으쓱해진 지태는 우산을 챙겨 들고 교실을 나가다 돌아서며 말했다.
"아 참! 빨리 드시고 싶으면 꼭 가스 불을 최대한 올리세요."

밥상
-밥상을 차려 주시고 아이처럼 주무시다

허리 굽은 엄마가 밥상을 차린다. 엄마는 냉장고를 열고 물김치 통을 꺼내 놓고, 삶아놓은 죽순을 데치고, 말린 갈치를 꺼내 조린다. 오무락조몰락 한창 바쁘시다. 그러다가 또 냉장고 문을 열고 한참 바라보신다. '내가 뭘 꺼내려고 했더라?' 하는 눈빛으로 냉장고 안을 이리저리 들여다본다. 그 눈빛이 송아지 눈처럼 깊고 맑다.

엄마는 냉장고 안쪽 깊숙이 있는 간장 게장 병을 꺼내, 뚜껑을 열고 집게손가락을 푹 찍어 맛보고는 혼자 고개를 끄덕인다. 살랑 바람에 흔들리는 할미꽃처럼 느리고 굼뜬 당신. 내가 옆에서 이렇게 한참을 지켜보고 있는데도 눈치를 못 채고 밥상 차리기에 여념이 없다.

마침내 압력밥솥이 '치이 치이' 소리를 내자, 엄마는 더 분주해진다. 주걱으로 고슬고슬한 밥을 고봉으로 쌓아 올리고, 맨손으로 뜨거운 밥을 토닥여 모양을 만들고, 자작자작 양념이 밴 갈치조림과 갖가지 맛난 반찬을 내 쪽으로 줄줄이 갖다 놓는다. 그래도 뭔가 아쉬운지 당신이 또 내게 묻는다.

"달걀 후라이 하나 부쳐주까?"

내가 총각일 때, 객지 생활하다가 가끔 고향 집에 올 때도 그랬다. 큰 사발에 봉오리가 생기도록 밥을 담고, 뜨끈한 고깃국과 함께 밥상을 차려 주셨다. 당신은 수저질하는 나를 끝까지 지켜보시다가, 내가 밥그릇을 남기지 않고 비우면 활짝 웃음을 지으셨다. 하지만 금세 슬픈 얼굴로 중얼거리셨다.

"그동안 얼마나 못 챙겨 먹었으면…"

어쩌다 밥 생각이 없어서 조금이라도 남길 때는 또 이렇게 말씀하셨다.

"네가 하도 주려서 뱃가죽이 붙어 그런갑다."

당신은 객지 생활하는 아들을 늘 안쓰러워하셨다.

내가 당신 품에서 자라던 어린 시절, 엄마는 일 년에 한 번 오로지 나만을 위한 밥상을 차리셨다. 엄마는 생일 전날 장롱 깊숙이 넣어둔 놋그릇을 꺼내 반짝반짝 광이 나도록 닦았다. 그리고 생일 아침이 되면, 빛나는 놋쇠 식기에 하얀 쌀밥을 고봉으로 올리고, 놋쇠 국그릇에 더운 김이 나는 미역국을 넘치도록 펐다. 갖가지 나물과 크고 통통한 생선도 올렸다.

엄마는 생일상을 북쪽을 향해 놓고, 다소곳이 꿇어앉아 손을 비비셨다. 나는 지금도 생일 아침마다 당신이 기원하시던 말씀을 기억한다.

"선조 조상님, 선조 조상님! 오늘이 우리 집 큰아들 생일인다. 어쩌든지 동서남북 사방팔방을 쫓아댕기는 말맹키로 건강하게 해 주시고…, 어쩌든지 공부 잘하고 친구 동기들 간에 사이좋게…, 어쩌든지 바른 사람 되게 해주시고…."

손바닥 가운데 새알 넣고 굴리는 듯한 엄마의 부드러운 손 비빔 동작이 신비로웠다. 젊은 내 엄마는 일 년에 한 번씩은 나를 왕으로 만들어주었다.

그런 세월이 모두 다 지났다. 무정한 내리막 세월에 엄마가 애지중지 아끼던 놋쇠 그릇도 오래전에 사라졌고, 당신 품 안에 자식들도 하나둘 새처럼 날아갔다. 당신이 차려 주신 밥상에 일곱 식구가 옹기종기 모여 함께 식사하는 일은 기억조차 희미해졌다.

여기까지 글 쓰다 말고 가슴이 뜨거워졌다. 나는 시골에 계신 엄마에게 전화를 했다. 그런데 주무신다. 아홉 시도 안 됐는데 벌써 한잠이 드셨다. 그 시절 자식을 위해 날마다 소원 빌던 두 손, 이제는 쭈글쭈글해진 두 손을 팔베개로 모아 아이처럼 주무신다.

아버지는 세 번 다녀가셨다

-가슴속 깊이 맺힌 회색 진눈깨비

첫 번째

아주 어린 시절 그나마 우리 집이 살만하던 때, 오늘처럼 비 내리던 날이었다. 수업 시간에 창밖을 보니 엄마들이 우산을 들고 아이를 기다리고 있었다. 엄마들은 교실 처마 밑까지 바짝 붙어 서서 창문 넘어 공부하는 학동들을 흐뭇하게 지켜보았다. 우리는 갓 입학한 병아리 국민학교 일 학년들이었다. 마침내 수업 마칠 시간이 다가오자, 교실이 어수선해지고 아이들이 창 쪽을 향해 손을 흔들었다. 아쉽게도 우리 엄마는 보이지 않았다. 그런데 창밖 엄마들 어깨너머로 멀찍이 키 큰 남자 어른이 혼자 서서 이쪽을 바라보고 있었다. 이럴 수가! 우리 아버지였다.

"아, 아부지다!"

나에게 아버지는 조심스럽고 힘든 분이셨다. 줄줄이 동생이 있는 장남이라 언제나 점잖아야 했다. 밖에서 친구들과 놀 때는 못 말리는 개구쟁이였지만, 아버지 앞에만 서면 고양이 앞에 쥐처럼 납작 엎드렸다. 손아래 동생은 아버지를 부를 때 '아부지야!'라고 했다. '엄마야, 누나야'처럼 친근하게 부를 수 있는 '야'를 아버지에게도 붙였다.

그럴 때마다 아버지는 웃으시며 '오냐'라고 하셨다. 하지만 나는 꿈도 못 꿀 호칭이었다. 난 언제나 '아부지예!'라고 했다. '선생님예, 아저씨예'처럼. 그런 아버지께서 손수 우산을 들고 학교까지 오시다니! 나는 여덟 살에 세상이 달라 보일 수도 있다는 것을 처음 알았다.

수업을 마치자, 선생님께서 채점이 끝난 시험지를 나누어 주셨다. 호명을 받고 선생님 앞으로 간 아이들이 환호성을 질렀다. 거의 다 90점 100점이었다. 선생님은 점수가 제일 잘 나온 도덕 시험지를 나누어 주셨다. 비 오는 날 마중 나온 학부모님들을 기쁘게 해드리고 싶었나 보다.

교실을 나가는 아이들이 시험지를 흔들며 환호성을 질렀다. 모두 자기 엄마한테 시험 점수 자랑을 해댔다. 나는 시험지를 받자마자 책가방 속에 구겨 넣었다. 그리고 아버지의 우산 밑으로 달려갔다. 아버지께서 "니 점수는 얼마고?"라고 하셨다. 나는 꾸물꾸물 가방 속에서 시험지를 꺼내 드렸다. 30점. 그렇지만 나는 주눅이 들지 않았다. '우리 아부지가 이렇게 손수 마중 나왔는데 설마 그깟 점수로 화내시랴.' 그렇게 생각했다. 그랬다. 아버지는 화내지 않고 조용히 시험지를 접어 돌려주셨다.

빗물이 고여 있는 운동장을 가로질러 집으로 가는 동안 나는 시험 점수 따위는 금방 잊어버렸다. 오로지 나만을 위해 우산을 받쳐주는 아버지의 생경한 사랑에 푹 빠져버렸다. 나는 용기를 내어 어리광을 피우고 싶었다. 아까부터 구멍이 난 내 고무신 속으로 빗물이 들어와 자꾸 질퍽거렸다. 나는 우산 속에서 아버지의 겨드랑이 밑으로 파고들며 말했다.

"아부지예, 내 고무신 빵꾸 났심더. 새 고무신 사 주이소."

아버지는 잠시 사이를 두고 "엄마한테 사달라 해라"라고 하셨다.

두 번째

중학교 때였다. 살만하던 우리 집은 졸지에 쫄딱 망하고 우리 가족은 시골로 내려왔다. 나는 어느덧 불밤송이 중학생이 되었다. 부모님은 시골에 계셨고 나는 읍내에 나와 자취 생활을 하며 학교에 다녔다. 주말에는 시골집에 가서 생활비와 쌀과 밑반찬을 타왔다. 어느 날 일주일 만에 시골집에 들어선 나는 어머니에게 투덜거렸다. 다른 친구들은 모두 자기 책상이 있는데 중학생이 되어도 책상 없는 놈은 나 혼자라고 말했다. 문밖에서 듣고 있던 아버지는 묵묵부답이셨다.

그다음 주에 나는 일부러 시골집에 가지 않고 자취방에서 보냈다. 무언의 시위였다. 일요일이 지나고 월요일이 되었다. 학교에 갔다 와서 자취방 방문을 열었더니, 방 한쪽에 내가 그토록 바라던 책상이

놓여 있었다. 깜짝 놀라서 보니 새것이 아니었다. 그 책상은 시골집에서 아버지께서 놓고 쓰시던 앉은뱅이책상이었다. 멀뚱히 보고 있는 나에게 자취방 주인이 말해 주었다.

"네 아버지가 끈으로 멜빵을 해서 여기까지 짊어지고 오셨더라."

시골집에서 읍내 자취방까지는 40리가 넘는 길이었다. 아버지는 내가 학교에서 돌아오기 전에 서둘러 자취방에 책상 놓아주고 시골집으로 돌아가셨다. 낡은 책상보다 더 무거운 현실의 무게에 벌겋게 짓눌린 당신 어깨를 내게 보여주고 싶지 않았을까. 아버지는 그렇게 다녀가셨다.

세 번째

다시 3년이 지났다. 여전히 살림살이는 나아지지 않았고 아버지는 병이 드셨다. 나는 공업고등학교에 진학했다. 그때도 같은 중학교를 나온 친구와 함께 학교 근처에서 자취를 하였다. 우리는 교복 대신 파란 실습복을 입고 다녔다. 실습복 왼쪽 어깨에 계급장처럼 달린 '기술인은 조국근대화의 기수'라는 견장을, 우리는 꽤 멋있다고 생각했다. 대학에 진학할 수 없는 아쉬움을 그것으로 달랬다.

그날 나는 늦은 실습을 끝내고 한 무리 고등학생들 속에 섞여 교문을 나서고 있었다. 그런데 교문 앞 개천이 흐르는 좁은 다리 난간에 남루한 차림을 한 초로의 남자가 서 있었다. 그는 지나가는 학생들을 어색하고 겸연쩍은 눈빛으로 바라보고 있었다. 누구를 찾는 것 같았다. 친구들과 함께 홀가분한 마음으로 교문을 나서던 내가 무심결에 바라본 그분은 내 아버지셨다. 이미 몸과 마음이 지칠 대로 지친 아버지였다.

내가 먼저 보지 못했다면 당신은 해가 저물도록 그 다리 난간에서 기다리고 계셨을 것이다. 객지에서 본 고등학생 아들이 대견하셨을까. 아버지는 나를 보자 아이처럼 환해지셨다. 그리고 꼬깃꼬깃 신문지에 싼 돈을 건네주셨다. 밀린 수업료였다. 나는 "왜 교실로 찾아오지 않고 여기 서 계시냐?"라고 짜증을 냈다. 아버지가 교문 밖에서 몇 시간씩 기다린 이유를 알고 있으면서 그렇게 말했다. 나는 느꺼워져 아버지의 손목을 잡고 내 자취방으로 가자고 하였다. 하지만 아버지는 뿌리치셨다.

"자취방에는 친구도 있을 낀데…"

해가 저물고 있었지만 아버지는 완강하셨다. 나는 손사래를 치며 허위허위 떠나가시는 아버지를 끝내 잡지 못하고 뒷모습만 바라보았다. 그날 이후 내가 대학에 입학할 때도, 결혼할 때도, 어머니의 회갑연에도 아버지는 계시지 않았다. 아버지가 세 번째 다녀가신 그날, 그 순간을 생각하면 지금도 내 가슴 깊은 곳에 회색 진눈깨비가 내린다.

비 오는 날 순두부
-그날 저녁 밥상에 오른 순두부

비 오는 토요일 오후, 열두 살 아들과 함께 막걸리와 손두부를 사오는 길이었다. 아스팔트가 빗방울에 젖어 반짝거렸다.

"아빠, 이상해요."

"뭐가?"

"장마철도 아닌데 왜 이렇게 자주 비가 와요?"

"글쎄, 그건 나도 모르지."

장마철이 아닌데 비가 자주 오는 이유를 나인들 어찌 알까? 아들도 정답을 기대하지 않은 듯 하늘을 힐끔 올려다보았다. 모처럼 아빠와 함께 지내는 주말인데 비 때문에 밖으로 나갈 수 없다는 푸념이라는 걸 나도 알겠다. 우산을 접고 아파트 계단을 오르며 아들이 또 질문했다.

"아빠, 옛날에도 이런 우산이 있었어요?"

"그럼."

나는 아들의 호기심을 풀어주기 위해 흑백영화 필름 같은 그 시절 기억을 되감았다.

어른 엄지손가락만큼 굵은 대나무로 만든 우산대와, 가느다란 우산살을 파란 비닐을 둘러 만든 비닐우산. 그 가벼운 우산이 센 바람을 맞아 휙 뒤집히는 비 오는 날 풍경을 말하면서 우리 부자는 깔깔 웃었다. 가쁜 숨을 쉬며 5층 계단을 오를 때까지, 비닐우산 추억담은 계속되었다. 하지만 아파트 현관문이 열리고 아내와 딸이 우리가 사온 따끈따끈한 손두부를 보고 환호하는 바람에, 나는 아직 남아있는 추억을 다 말하지 못하였다. 이제 내 가슴속에 잔잔히 남아있는 그 기억을 말해야겠다.

그날도 오늘처럼 비가 왔고, 나는 열두 살 내 아들만 할 때였다. 나는 차들이 줄을 지어 휙휙 지나가는 서울 약수동 큰 도로변에서 비닐우산 두 개를 들고 무료하게 서 있었다. 누구를 마중 나갔는지 기억은 나지 않지만, 한 손은 나를 위해 우산을 펼쳐 비를 막고, 또 다른 손에는 다른 이를 위한 비닐우산을 들고 있었다. 하지만 기다리는 사람은 오지 않았고, 나는 잿빛 건물들과 느리게 달리는 차들 그리고 점점 가늘어지는 빗줄기를 보며 '이제, 그만 집으로 갈까' 하고 망설이고 있었다.

그러던 순간이었다. 차도 뒤쪽에서 '끼익!' 브레이크 잡는 소리와 함께 '꽈당!' 하는 소리가 연이어 들렸다. 고개를 돌려보니 초로의 남자가 자전거를 타고 가다가 빗길에 넘어져 있었다. 다행히 큰 사고는 아니었다. 길을 걷다 이 광경을 바라보던 행인들은 멈추지 않고 종종걸음으로 제 갈 길을 갔다. 그런데 아저씨는 넘어진 자전거를 냉큼 일으켜 세우지 않고 망연자실 서 있었다. 자전거 뒤에 실은 나무통이 넘어지면서 그 안에 담겨 있던 순두부도 쏟아져 버렸기 때문이었다.

족히 한 솥은 넘어 보이는 순두부는 일부러 도로 위에 부어놓은 듯 소담하게 쌓여 있었다. 조금 전에 만들어서 어디로 배달을 가는 중이었는지, 아스팔트 위의 순두부는 아직 더운 김을 내고 있었다. 아저씨가 부서진 나무통을 이리저리 맞추어 수습해 보았지만, 순두부 나무통은 이미 여러 조각으로 깨져서 어떻게 할 수가 없어 보였다. 아저씨와 순두부가 불쌍했다. 나는 다가가서 들고 있던 우산 하나를 펴서 아저씨에게 주었다. 비닐우산 위로 후드득 떨어지는 빗소리가 크게 들렸다.

아저씨는 비닐우산을 순두부 위에 받쳐 들고 눈을 떼지 못하고 쪼그려 앉아 있었다. 그러다가 갑자기 생각이 난 듯 내가 준 비닐우산을 뒤집어 아스팔트에 편평하게 펴서 내려놓고, 두 손으로 쏟아진 순두부를 우산 속으로 담았다. 나는 속으로 '어어, 내 우산 내 우산' 하고 중얼거릴 뿐 말리지 못했다. 길 위의 순두부는 땅에 닿았던 부분을 제외하고 순식간에 비닐우산으로 옮겨졌다. 빗물이 아스팔트를 깨끗이 씻어놓은 덕분인지 우산 속 하얀 순두부가 불결하다는 생각은 들지 않았다. 하지만 그것은 이미 먹거리가 아닌 것처럼 낯설어 보였다.

아저씨가 마지막으로 비닐우산의 안쪽 얇은 댓살을 모아 쥐니 우산은 영락없는 비닐 보따리가 되었다. 그는 우스꽝스러운 비닐 보따리를 대뜸 내 손에 건네주었다. 묵직했다.

"금방 집에서 만든 거다. 먹어도 까딱없다. 꼭 집에 가져가거라."

아저씨는 나에게 소중한 물건을 맡기는 것처럼 진지했다. 그리고 절대 버리지 말라고 당부하였다. 나는 얼떨결에 고개를 끄덕였다. 그제야 그는 넘어진 자전거를 일으켜 세우더니, 자전거를 끌고 절뚝거리며 굵어지는 빗줄기 속으로 사라졌다.

나도 더 이상 그곳에 있을 수 없었다. 내가 꼭 우스꽝스러운 비닐 보따리가 된 기분이었다. 누군가 다가와 '그것 버릴 거야? 가져갈 거야?' 하고 놀릴 것만 같았다. 나는 약수동 긴 언덕길을 걸어올라 헐레벌떡 집으로 돌아왔다. 혼자 비닐 보따리를 돌아온 나를 보고, 누나가 놀라며 무슨 일이 있었냐고 물었다. 나는 거짓말을 했다. 어떤 순두부 장수 아저씨가 정류소에서 버스를 기다리다가 팔고 남은 것이라며 주더라고 했다.

그날 저녁 밥상에 순두부찌개가 올라왔다. 우리 가족은 물론 옆집 홍식이네까지 맛있게 나누어 먹었다. 먹거리에 대한 무조건적인 경외심을 안고 살던 시절이라서 그럴 수 있었던 것 같다. 지금 내 아들이 그 시절을 살았더라도 그랬을 것 같다. 하지만 장마철이 아닌 요즘 비가 잦는 이유는 여전히 모르겠다.

북덕 바람
-못난 아들의 어리석음을 검불처럼 날려 보내시고

동생이 떠나가고 외딴집에 엄마 혼자 살게 되었다. 어떻게 할 수가 없어서 엄마 집에서 통근할 수 있는 학교로 전근했다. 그런데 사람 마음이 참 요사스럽다. 떨어져 있을 때는 늘 안타깝고 미안한 마음뿐인데, 막상 매일 함께 지내니 그렇지만 않았다. 나는 가끔 버릇없는 아이처럼 툴툴거리고 삐뚤어졌다.

한겨울이 가까운 어느 날, 퇴근하고 대문을 들어서니 마당 여기저기 배추 이파리와 김장용 비닐 같은 것들이 어수선하게 널려 있었다. 엄마는 하루 종일 혼자 텃밭 배추를 뽑아, 밑동 잘라 가르고 소금 간을 친 것이다. 수돗가 커다란 물통에 소금 간을 절인 배추가 가득 차 있는 걸 보니 왈칵 부아가 났다.

엄마는 작년에도 혼자 김장해서 우리 형제들 애간장을 태웠다. 올해는 제발 그러지 말라고, 주말에 가족들 모두 불러서 함께 하자고 내가 신신당부를 하였다. 그런데 이번에는 또 일을 벌인 것이다. 퇴근 후 피로감이 와락 밀려왔다. 저녁 식사를 마치고 나니 엄마가 모깃소리만 하게 말했다.

"한 시간쯤 있다가 배추 간물 씻어낼 때 좀 도와주게."

엄마는 처음에는 두 시간 정도 있다가 시작하자고 했지만, 내가 불만 어린 표정을 짓자 이내 한 시간 후라고 고쳐 말했다. 나는 들은 척 만 척 방으로 들어왔다. 얼마나 지났을까. 슬그머니 거실로 나가보았더니, 아니나 다를까 엄마가 털모자와 마스크를 쓰고 소파에서 나를 기다리고 있었다. 그 앞에는 내 몫의 빨간 고무장갑과 털모자와 마스크가 가지런히 놓여 있었다.

나는 입이 한 발 튀어나온 채 배추를 씻었다. 외등 빛이 어슴푸레한 마당에서 찬물에 풀 죽은 배추 포기를 마구 흔들고 건져 내면서 엄마를 원망했다. 이 밤중에 팔순 노인과 늙수그레한 아들이 대체 뭘 하는 짓인가! 나는 전쟁을 치르듯 작업을 하였다. 간 절인 배추 포기를 아무리 씻어 흔들어도 내 안에 있는 화가 풀리지 않았다. 다음 날 아침, 출근할 때도 '다녀오겠습니다'라는 말 대신 '나, 갑니다' 하고 대문을 나섰다. 정말 어디라도 떠나고 싶었다.

다음 날 퇴근하고 왔더니, 저녁 밥상에 몽어회 한 접시가 놓여 있었다. 엄마는 삐뚤어진 아들이 당신을 힘들게 한 날이면 그렇게 새벽

시장을 다녀오셨다. 이번에는 몽어 새끼를 사다가 단정하게 손질을 해서 냉장실에 넣어 두셨다. 그리고 내가 돌아오는 시간에 맞추어 나비처럼 회를 떠서 내놓은 것이다. 저녁 반주로 꼬들꼬들한 몽어회를 곁들여 소주 한잔을 털어 넣었다. 속에 뭉쳤던 화가 거짓말처럼 풀려 내려갔다.

알딸딸하게 취해서 잠든 밤, 창밖에 초겨울 바람 소리가 유난스러웠다. 밤바람은 낡은 창고 문을 삐걱거리게 하고, 마당에 있는 고양이 밥그릇을 이리저리 굴리고 다녔다. 바람이 이 밤중에 누군가를 불러내서 같이 놀고 싶어 하는 것 같았다. 나는 선잠에서 깨어 주섬주섬 옷을 걸치고 마당으로 나가서, 창고 문을 잠그고 감나무 밑까지 굴러간 고양이 밥그릇을 주워 제자리에 두었다.

그러다가 문득 하늘을 올려다보았다. 검은 밤하늘이 쩍 갈라지고 그 사이로 별이 쏟아져 내리고 있었다. 은빛 금강석이 총총 박혀있는 놀라운 하늘이었다. 바람이 또 장난스럽게 내 등을 밀어 얼른 방으로 들어왔다. 엄마도 인기척에 잠을 깨 나를 기다리고 계셨다.

"얼른 들어오지 않고 뭐 했냐?"

나는 마당에 바람 설거지하고 왔다고 대답했다.

"바람이 왜 저렇게 유별나게 분답니까?"

"옛날 사람은 저런 바람을 북덕 바람이라 그랬지."

엄마가 내 쪽으로 돌아누우며 말씀하셨다. 북덕 바람? 생전 처음 듣는 바람이었다. 엄마는 북덕 바람을 말해 주었다. 늦가을 추수를 손으로 하던 시절에 불던 바람이라고 했다. 검불과 지푸라기가 섞인 나락을 바가지로 퍼서 높이 들어 아래로 부으면서 알곡을 고를 때, 때맞추어 불어주는 바람. 소리만 컸지 하나도 맵지 않은 그 바람은 지푸라기와 검불과 먼지를 날려 보내고 알곡만 남겨 주는 고마운 바람이라고 하셨다.

소리만 컸지 하나도 맵지 않은 북덕 바람… 내가 잘못한 날이면 그 바람이 불어왔다. 엄마의 가슴에서 불어온 북덕 바람은 못난 아들의 어리석음을 먼지처럼 날려 보내고, 알곡 같은 모정(母情)만 고스란히 남겨 주었다.

계사년 대한민력

-아랫장 장마당에 노인장이 계시던 자리

설을 준비하러 장을 보러 갔다. 해가 떴는데도 엄청 추운 날씨였다. 우리는 방앗간에 들러 떡국 할 쌀 석 되를 맡겼다. 엄마는 다른 장거리를 보러 시장 속으로 들어가시고, 나는 방앗간에서 기다렸다가 다 빻은 찹쌀가루 봉지를 들고 주차장 쪽으로 걸었다. 엄마가 돌아오실 시간이 많이 남아서 양반님 마실 가듯 천천히 장 구경을 했다. 그런데 길 한쪽에 서적 좌판을 벌이고 있는 노인 모습이 이채로웠다.

노인은 한복 바지저고리 차림에 두툼한 잠바를 걸치고, 머리에는 망건을 쓰고 발목에는 요즘에는 보기 힘든 각반을 차고 있었다. 조선 시대 선비가 대한민국 땅으로 툭 튀어나온 것 같았다. 그냥 지나가면 고색창연한 그 장면을 다시는 볼 수 없을 것 같아서, 길가에 찹쌀가루 봉지를 내려놓고 노인을 지켜보았다.

노인 옆에는 반쯤 진열하다 말고 그냥 둔 듯한 책 상자가 입을 벌리고 있었다. 땅바닥에 좌판을 벌여 책을 꺼내 놓고 있기는 한데, 팔고 싶은 마음이 없는 것 같았다. 노인이 앉아 있는 방향도 그랬다. 사람들이 지나가는 앞쪽을 보고 있어야 손님과 눈이라도 마주칠 터인데, 마치 토라진 사람처럼 좌판을 등지고 앉아 먼 산만 바라보고 있었다.

나는 바삐 움직이는 시장 사람들 속에서 얼음처럼 정지된 노인을 흥미롭게 바라보고 있었다. 그때 갑자기 시장통으로 칼바람이 들이닥쳤다. 거친 겨울바람은 시장 바닥에 있던 종이와 가벼운 상자를 휙 날려 보내고, 허술한 천막을 여학생 치마처럼 걷어 올렸다. 장꾼들은 허겁지겁 바람에 날리는 것들을 주우려고 따라다니고, 장 보러 온 사람들도 갑자기 들이닥친 돌풍에 걸음을 멈추었다. 모두 잔뜩 몸을 움츠리고 칼바람이 지나가기를 기다렸다.

하지만 단 한 사람, 노인은 의연했다. 그는 이미 예견한 듯 불한당 같은 바람이 달려들자 어느새 커다란 우산을 펼쳐 당신의 어깨에 걸쳤다. 그리고 동그란 엉덩이 의자를 약간 돌려 앉아서 방향을 바꾸었다. 그랬더니 우산은 방패처럼 등 뒤에서 불어오는 찬 바람을 막아주고, 정면에서 쏟아지는 햇살이 우산 안쪽으로 모여들었다. 나는 우왕좌왕하는 사람들 속에서 지극히 평화롭고 안정된 노인에게 경외심을 느꼈다.

더 놀라운 것이 있었다. 찬바람이 지나가고 움츠렸던 사람들이 길을 걸고 흥정을 시작할 때였다. 갑자기 '쾅!' 하는 굉음이 들렸다. 소리의 출처는 노인장 바로 옆이었다. 생선 좌판을 벌인 젊은 아낙네가 꽁꽁 언 동태 상자를 해체하기 위해, 상자를 번쩍 들어 올려 땅바닥에 패대기치는 소리였다. 그 소리가 하도 커서 지나가는 사람 모두 흠칫 놀랐다. 하지만 노인은 미동도 하지 않았다. 그냥 그러려니 하고 따스한 겨울 햇살을 즐기고 있었다.

옛날 옛적 선비 한 분이 홀연 장마당에 와 계신 듯했다. 가난한 식솔들을 위해 공부하던 서적을 팔러 나왔지만, 차마 호객을 하지 못하고 먼 산을 보고 있는 것 같은 어른. 당신 바로 옆에서 폭풍과 굉음이 전쟁터처럼 소용돌이 처도 선비의 품위를 잃지 않는 고고함. 나는 노인이 파는 책을 사고 싶어 그쪽으로 발걸음을 옮겼다.

좌판에는 꿈해몽, 약초한방민간요법, 천자문, 화초재배, 명심보감 등 예스러운 책들이 바닥에 삐뚤빼뚤 제멋대로 누워 있었다. 그중 가격과 부피 면에서 제일 만만해 보이는 얇은 책 한 권을 골랐다. 계산을 마치자, 노인은 또 다른 책을 권했다. 하지만 오랫동안 팔리지 않아 헌책이 된 새 책이었다. 나는 정중하게 사양하고 물러났다.

차 안에서 어머니를 기다리는 동안 책을 펼쳐보았다. 더듬더듬 한문 표지를 읽어보니 '계사년 대한민력'이라고 쓰여 있었다. 24절기와 농사, 예법과 명절 등 깨알 같은 가정 상식이 잔뜩 들어 있었다. 모르긴 해도 예전에는 새해를 준비하는 요긴한 생활 서적으로 대접받았을 성싶었다. 한문에 약한 나에게는 개발에 닭알처럼 소용없는 물건이었다. 하지만 나는 충동구매를 후회하지 않았다.

그 후 장날에 그 노인을 두 번 더 보았다. 한 번은 여전히 무심한 듯 먼 산을 바라보고 있었고, 마지막으로 본 날에는 아직 장이 한창 서고 있는데 주섬주섬 자리를 정리하고 계셨다. 그리고 어느 날부터인가 노인장은 보이지 않았고 그 자리에 화분 장수가 좌판을 벌이고 있었다.

세상에서 제일 맛있는 쿠키

-나누고 나누어도 남았습니다

아침 8시 50분 독서 활동 시간, 기특한 내 아이들은 하나같이 책 읽기에 열중하여 우리 반 교실은 쥐 죽은 듯 조용했다. 그런데 교실 뒷문이 살며시 열리더니 옆 반 여선생님 얼굴이 빼꼼 들어왔다. 그 선생님은 아이들 독서 분위기를 해치지 않으려는 듯 손가락으로 밖에 누가 있다는 신호를 보냈다. 나가 보니 그 아이가 가방을 멘 채, 골마루 바닥에 망연히 주저앉아 있었다. 아이는 또 깊은 물 속 고기처럼 제 안에 빠져있었다.

올 삼월 새 학년이 되어 우리가 처음 만나던 날에도 나는 아이가 가진 장애에 대해 아무것도 몰랐다. 아이는 가끔 수업 시간 내내 엎드려 있다가 갑자기 교실을 뛰쳐나갔다. 그리고 옥상으로 올라가는 외진 계단에 혼자 앉아 있었다. 어떤 날은 수면을 튀어 오르는 물고기처럼 불현듯 옆자리에 있는 친구들을 밀치고 할퀴었다. 아이를 위한 아무런 준비가 되어있지 않았던 나는 그럴 때마다 허둥지둥 당황

할 뿐이었다.

급식 시간이 가장 힘겨웠다. 아이는 밥을 거의 먹지 않았다. 옆에 앉아 "친구들처럼 밥 좀 먹어 맛있게 보아라." 채근해도 겨우 먹는 시늉만 하다가 도리질을 쳤다. 하지만 시간에 맞춰 건네주는 알약은 아무 저항 없이 받아먹었다. 숙명처럼 약을 삼키는 아이 옆에서 우적우적 내 몫의 밥을 챙겨 먹기가 부끄러웠다.

어느 날은 수업 중에 그 아이가 갑자기 나를 향해 "선생님 싫어!"라고 했다. 그러더니 묵묵부답인 내게 물었다.

"선생님도 나 싫어요?"

"아니."

그러자 아이가 황급히 두 손을 가로저으며 소리쳤다.

"아니에요. 싫다고 하세요! 선생님도 내가 싫다고 하세요. 빨리요. 빨리요!"

아이는 곧 울음을 쏟을 듯 소리를 질렀다. 하지만 나는 아이를 진정시키기 위해 '나도 네가 싫다'라고 할 수 없었다. 안타깝고 슬펐다. 아이는 책상에 엎드려 두 팔에 얼굴을 묻었다. 그리고 차츰 잠잠해졌다. 밀치면 물러나고 당기면 보듬어주는 일 말고 내가 할 수 있는 게 없었다.

그렇게 무기력하게 흔들리던 어느 날, 급식소 점심 식단에 쿠키가 나왔다. 아이가 내 식판을 보더니 왜 쿠키가 없냐고 물었다. 나는 어른들은 쿠키를 별로 안 좋아한다고 대답했다. 아이가 고개를 갸웃하더니 말했다.

"나중에 내 거 하나 줄게요."

내가 식사를 마치고 숟가락을 놓자, 아이가 진짜로 쿠키 하나를 내 식판으로 옮겨주었다. 너무나 감사해서 눈물이 날 정도였다. 쿠키를 둘로 쪼개서 반은 내가 먹고 나머지 반은 아이한테 돌려주었다. 아이는 쿠키 반 조각을 다시 둘로 갈랐다. 그리고 그중 한 조각을 또 내게 주었다. 나는 망설이지 않고 넙죽 받아 입속에 넣었다. 세상에서 제일 맛있는 쿠키였다.

아침 8시 50분 독서 활동 시간. 조심스럽게 교실 뒷문이 열리고 우리 반 여학생이 살금살금 교실로 들어왔다. 여학생은 내게 다가와 귀에 대고 소곤소곤 말해 주었다. 나는 교실 밖으로 나가보았다. 그 아이가 가방을 멘 채 골마루 바닥에 망연히 주저앉아 있었다. 길을 잃고 엄마를 기다리는 사슴 눈빛이었다. 아이의 이름을 부르며 다가갔다. 그리고 신발을 받아 신발장에 넣어주고 가방을 벗겨 들었다.

"선생님하고 교실에 가자."

아이는 냉큼 일어나지 않고 나를 힐끗 올려 보았다. 그러고는 대뜸 말했다.

"선생님 머리 깎았어요?"

아이 말대로 전날 이발소에 다녀왔다. 나는 코끼리처럼 크게 고개를 끄덕이며 손을 내밀었다. 내 손을 잡고 일어나던 아이가 또 말했다.

"선생님 머리 보기 좋아요."

"정말? 어제보다 더?"

"예."

나는 참새 같은 아이 어깨를 감싸고 교실로 들어왔다. 열린 교실 문으로 밝은 아침 햇살도 같이 들어왔다.

오렌지 향기 바람에 흩날리고

-어렴풋이 행복했던 젊은 날 그 겨울밤

나는 겨울을 좋아해도 추위는 싫다. 배고픈 건 참아도 추운 건 못 참겠다. 피 끓는 이십 대에도 그랬다. 입동부터 이듬해 꽃샘추위 때까지 줄기차게 내복을 입었다. '표 안 나게 입은 내복 한 벌, 열 밍크 안 부럽다'가 나의 겨울나기 소신이었다. 그런데 며칠 전 방심하는 사이 추위에 당했다.

늦게 설거지를 마친 아내가 양손에 쓰레기봉투를 들고 어둠이 내린 밖으로 나갔다. 못 본 척하려다가 양심이 찔려서 따라나섰다. 밖은 진짜 추웠다. 아파트 한쪽 쓰레기 수거함까지 30미터 남짓 걸어가는데 콧물이 찔끔했다. 슬리퍼를 걸친 발가락이 떨어질 것 같았다. 꽁꽁 묶은 쓰레기봉투를 수거함에 휙 던지고 돌아서니 찬바람이 앙칼지게 온몸을 휘감았다. 잔뜩 움츠리고 종종걸음을 걷다가 도저히 안 되겠다 싶었다. 그래서 아내한테 말했다.

"춥다! 뛰어가자!"

그렇게 한 마디 던지고 쏜살같이 어둠 속을 달렸다. 헐레벌떡 아파트 현관 안쪽으로 들어와서 한숨 돌리고 보니, 어둠 속에서 아내가 두 손으로 시린 뺨을 감싸며 걸어오고 있었다. 나는 좀 계면쩍었다. 이기적인 남편을 향해 아내가 픽 웃었다. 아내는 1989년 어느 겨울 밤을 떠올리는 것 같았다.

그해 큰길 도로변에 '오렌지 향기 바람에 흩날리고'라는 이름을 가진 포장마차가 있었다. 우리는 연인 사이였고 목하 데이트 중이었다. 그 포장마차에는 사십 대 부부가 잉꼬처럼 함께 손님을 맞이 하였다. 우리는 희미한 전등 아래서, 안주 한 접시와 소주 한 병 그리고 사이다 한 병을 시켜 놓고 설레는 앞날을 이야기했다.

아쉽게도 깊은 밤이 서둘러 왔고 헤어질 시간이 되었다. 그녀와 나는 포장마차에서 나와 가로등 불빛 아래 나란히 걸었다. 심술궂은 찬바람만 텅 빈 도로를 점령한 채 어슬렁거렸다. 버스정류장까지 그녀를 바래다주는 길에 부는 바람이 매정했다. 그녀가 바짝 붙어 팔짱을 꼈다. 걷다 보니 문득 측은해 보였다. 나는 남자로서 무언가 의미 있는 행동을 해야 한다고 생각했다. 그래서 물어보았다.

"춥지?"

그녀는 청춘 영화 여주인공처럼 웃으며 고개를 끄덕였다. 나는 걸음을 멈추고 외투를 벗어 그녀 어깨를 감싸 주었다. 그녀가 감동한 듯 두 눈이 반짝거렸다. 찬바람 부는 이 길이 우리 둘이 헤쳐 가야 할

앞길 같았다. 그래서 가슴을 펴고 당당히 걸었다. 아! 그러나 옷 한 겹의 체감온도 차가 그렇게 클 줄은 미처 몰랐다.

살갗으로 파고드는 냉기가 상상을 초월했다. 이를 앙다물었지만 내 의지와 상관없이 떨리는 턱을 어떻게 할 수 없었다. 가야 할 길은 시베리아 벌판처럼 아득한데 한파는 인정사정이 없었다. 만약 누가 내 귀를 손가락으로 건드리면, 여지없이 땅바닥으로 톡 떨어질 것 같았다. 외투를 벗어 주고 나서 불과 5분 만에 나는 떨리는 목소리로 말했다.

"저 미안한데…, 그 옷 다시 벗어 주면 안 될까?"
한순간 그녀가 픽 하고 웃었다. 그리고 순순히 외투를 벗어 주었다.

젊은 날, 불빛 희미한 포장마차에서 흘러나오던 시고 달콤한 오렌지 향기는 오래전에 사라졌다. 돌아보면 그 시절 젊은 내가 '당신을 위해 내 모든 것을 바치겠노라'라는 맹세는 뻥이었다. 남편과 가장으로서 내가 한 일도, 추운 날 외투 한 벌을 건네는 따뜻함 정도였다. 그나마 내가 넘겨준 외투는 가난한 아내와 참새 같은 아이들 체온으로 데워 다시 내게 돌아오곤 했다.

이윽고 중년이 된 아내는 쓰레기 분리수거에 동행해 준 나를 위해 두부김치와 막걸리를 내놓았다. 어디선가 날아온 그 겨울밤 오렌지 향기가 내 코를 간질이는 듯하여 이기적인 나는 어렴풋이 행복했다.

순천 미인
-동천 따라 긴 방죽 끝자락 외딴집에

일개미 같은 엄마다. 굽은 소나무처럼 당신 곁에 있던 동생이 먼 길을 떠나자, 엄마의 일상은 텃밭으로 옮겨 갔다. 만약 저 하늘 구름 위에 하나님이 앉아 엄마 집을 내려보신다면, 아득한 들판 끝 외딴집에 꼬물꼬물 점 하나를 발견할 것이다. 그 점을 따라 선을 그리면 마당과 뒤란과 텃밭에 엄마 동선이 풀어놓은 실타래처럼 가득하리라.

목단꽃 같은 엄마다. 마지막 날까지 품고 있던 자식이 하늘로 먼저 떠나자, 당신은 교회에 다니기 시작했다. 자식이 있는 곳은 당신이 돌보아 줄 수 없는 세상이라서, 날마다 하느님에게 새벽기도를 올려 부탁드린다.

"불쌍하고 가여운 인생입니다. 늘 당신 곁에 두시고, 다음 생애는 좋은 부모 만나 행복하게 살게 해주시옵소서"

온갖 낡은 것들이 엄마 집에 머물다 갔다. 종이상자에 담겨 주차장에 버려진 새끼 고양이 두 마리, 제 발로 찾아와 눌러앉은 검은색 강아지. 아파트 베란다에 있던 빛바랜 플라스틱 화분과 병든 꽃나무 그리고 상처 입은 사람들이 엄마 집을 찾아와 한동안 머물다가 떠나갔다.

엄마는 인천 이모가 입던 빛바랜 쑥색 잠바를 입고, 내가 신던 늘어진 양말과 낡은 운동화를 신고 텃밭으로 간다. 굳은 땅처럼 가슴에 맺힌 사연을 잊기 위해 호미질을 하신다. 하루 종일 흙먼지와 비지땀을 둘러쓴 당신 모습이 부뚜막을 나온 부엌 강아지 같다.

일요일은 예수님께 감사드리러 가는 날. 꽃단장을 마친 엄마가 손가방에 돋보기와 성경책과 안약을 챙겨 넣는다. 당신은 현관을 나서기 전에 작은 화분들이 옹기종기 모여 있는 거실장 앞에 쪼그려 앉아, 눈으로 꽃들을 어루만진다.

"교회 갔다 올게. 집 잘 보고 있거라잉. 얼릉 댕기와서 할매가 많이 많이 쳐다봐 주께."

엄마가 파란색 대문을 열고 집을 나선다. 오늘은 물빛 원피스를 곱게 다려 입으셨다. 여학생 신발 같은 검은색 단화도 반짝반짝 빛난다. 누님이 보내준 새 머플러도 두르셨다. 달맞이꽃처럼 곱다. 과연 '순천 미인'이시다. 교회에 가면 예수님께서 활짝 웃으며 이렇게 말씀하실 듯하다.

"서 여사님, 참 곱습니다. 데이트 신청해도 되겠습니까?"

화창한 일요일 오후. 지금쯤 교회에서 돌아올 시간이다. 파란색 대문을 열리고 마당으로 엄마가 들어오신다. 화분 밑에 감추어 둔 열쇠를 꺼내 현관문을 열면, 작은 꽃들이 푸른 줄기와 싱싱한 잎 사이로 얼굴을 내밀고 아기처럼 눈을 맞춘다. 당신은 손가방에 있는 돋보기와 성경책과 안약을 꺼내 제자리에 놓고 '아이고 힘들다'라며 곧은 다리를 쭉 뻗고 계실 것이다.

딱 그 시간을 맞추어 내가 전화를 드렸다. 이번 어버이날은 일이 바빠서 엄마 집에 갈 수가 없다고, 카네이션도 못 달아드린다고 했다.
"괜찮네. 작년에 자네가 달아준 카네이션이 화장대 빼비*에 있네. 그놈 꺼내서 달면 되네. 작년 자네 마음이나 올해 자네 마음이나 똑같응께, 작년 꽃도 올해 꽃이네."
엄마는 그렇게 선문답 같은 말씀을 하시고는, 한껏 들떠 서랍장 위 작은 꽃들의 안부를 전해 주었다.
"아 글쎄, 저번 장날 사놓은 쪼깐한 화분이 벌써 손톱만 한 꽃을 피웠더라 말이시. 그래갖고 이짝저짝에서 할매 나 좀 보소. 할매 나부텀 먼저 봐주소. 함시로 서로 저 쳐다봐달라고 난리네."
엄마 목소리가 은초롱처럼 맑았다.

한가한 일요일 오후, 우리 엄마의 남은 일과는 혼자 늦은 점심을

---

* 서랍

드시고 거실에 앉아 꽃들과 함께 '전국노래자랑'을 보시는 일이다. 하천 따라 긴 방죽 끝자락 외딴집에 어버이날이 오면, 거실 서랍장 위에 있는 작은 꽃들이 곱디고운 순천 미인을 위해 예쁜 꽃망울 펑펑 터뜨려 주기를 기원한다.

영희 이모

-그 새벽, 영희 이모가 빚어 준 주먹밥 하나

어린 시절 엄마 손잡고 외갓집에 가는 길은 참 멀었다. 두메산골 외갓집에는 외증조할머니부터 여섯 살 꼬맹이 이모까지 모두 열두 명의 식솔이 와글와글 살고 있었다. 그중에서 영미 이모와 영희 이모는 참 대조적이었다. 영미 이모는 산골 소녀답지 않게 얼굴이 예쁘장하고 손도 빨라서 시키는 일을 척척 잘했다. 영희 이모는 수더분하게 생겼지만 실수가 많고 동작도 굼뜬 탓에 외갓집 식구들한테 지청구를 들었다.

순딩이 영희 이모는 무려 다섯 살 아래인 영옥이 이모한테도 말싸움에서 밀렸다. 나는 영희 이모가 부엌에서 혼자 울고 있는 모습을 자주 보았다. 그래서일까, 영희 이모의 두 눈은 늘 밤새 울고 난 아이처럼 부어 있는 것처럼 보였다. 나는 영희 이모가 밉게 생겨서 식구들에게 타박받는다고 생각했다.

어느 날 어슴푸레한 새벽에 깨어 부엌으로 갔다. 내가 영희 이모 편이라는 걸 알리고 싶었다. 영희 이모는 언제나처럼 혼자 아침을 준비하고 있었다. 매캐한 연기가 새어 나오는 부엌문을 살짝 열고 들어가니, 영희 이모가 아궁이 앞에 콩쥐처럼 앉아 불을 지피고 있었다. 아궁이에서 새어 나오는 불빛이 이모 얼굴을 비치고, 이모는 그 불빛보다 환하게 웃으며 나를 맞이해 주었다.

"아이고, 우리 조카 왔네. 추운디 멀라고 나왔냐."

이모는 부뚜막 앞에 나를 앉히고, 내 두 손을 모아 쥐고 호호 입김을 불어주었다. 그리고 아궁이 불에 고구마를 구워 주었다. 나는 얌전한 고양이처럼 앉아, 노란 속살로 가득 찬 군고구마를 야금야금 먹었다. 낮에는 이모 옆에 있을 수가 없었다. 이모들은 할머니와 날마다 밭에 가서 늦게까지 일을 하고 돌아왔다. 나는 이른 아침이나 늦은 저녁에 이모 옆에서 맴돌았다.

방학이 끝나가고 외갓집을 떠나는 날이 되었다. 그날 새벽에도 나는 마른 솔잎이 곰실곰실 타는 아궁이 앞에서 영희 이모와 나란히 앉아 있었다. 가마솥에서 뜨거운 김이 뿜어 나오고 뜸이 들었다. 이모가 솥뚜껑을 열고 한 솥 가득 있는 보리밥 한쪽에, 따로 모여 있는 쌀밥을 주걱으로 펐다. 그리고 뜨거운 쌀밥을 맨손으로 굴려 주먹밥 하나를 빚어내더니, 참기름을 발라서 내게 건넸다.

"얼른 묵어라. 맛있게 묵어라."

다른 사람한테 들키면 큰일 날 일이었다. 흰 쌀밥은 오로지 외증조할머니와 외할아버지를 위한 것이었다. 그날 나는 처음이자 마지막으로 영희 이모 등 뒤에 숨어 따뜻한 주먹밥을 먹었다. 그 후 우리 집이 멀리 이사를 하는 바람에 방학이 되어도 외갓집을 가지 못했다.

내가 영희 이모를 다시 만난 것은 그로부터 이십여 년이 지난 내 결혼식장에서였다. 이모는 평탄치 않은 자신의 삶이 민망한 듯, 있는 듯 없는 듯 다녀가셨다. 친척과 함께 찍은 결혼사진 속에 촌스럽게 서 있는 이모가 쓸쓸해 보여 마음이 아팠다.

다시 이십 년이 지난 후, 영희 이모가 많이 아프다는 소식을 전해 듣고 엄마와 함께 찾아갔다. 영희 이모는 병석에서 힘들게 몸을 일으켜 내 손을 잡아 주었다. 그리고 옛날 외갓집 부엌에서 그랬던 것처럼, 따스한 아랫목으로 나를 끌어 앉혔다.

영희 이모는 중늙은이가 된 나를 아홉 살짜리 조카를 보는 듯 웃었다. 나도 그 시절로 돌아가 부엌데기 열네 살짜리 이모의 거친 손을 꼭 잡았다. 타박타박 타박네 같은 영희 이모는 다다음 해 자연으로 돌아가셨다.

행복한 아빠 소

-깊은 밤에 아이가 불러주던 자장가

아주 오래전, 차를 타고 가면서 네 살짜리 딸한테 '나중에 커서 뭐 되고 싶냐'고 물어보았다. 딸은 잠시 눈을 반짝거리더니 '기린!'이라고 했다. 그림책에서 본 기린이 제일 멋져 보였던 모양이다. 그러자 그 옆에서 창밖을 바라보며 제 엄지손가락을 쪽쪽 빨고 있던 세 살 아들도 우렁차게 말했다.

"나는 자동차!"

한번은 친하게 지내는 선생님이 집에서 키우던 강아지 한 마리를 주셨다. 하얀 털북숭이 강아지는 딸과 아들이 세상에 태어나 처음 맞이한 반려 동물이다. 아이들은 강아지 이름을 '멍멍이'라고 지었다. 몇 달 후, 멍멍이를 주신 선생님 부부가 우리 집에 들렀을 때, 아이들은 코가 땅에 닿도록 인사를 하며 이렇게 말했다.

"멍멍이 선생님 안녕하세요?"

마음씨 좋은 멍멍이 선생님과 사모님은 유쾌하게 웃으셨다. 아이들이 맘대로 지어 부른 별명은 또 있다. 우리 어머니 별명, '오이 할머니'이다. 길쭉하고 신선한 녹색 채소 오이가 아니다. 남도 사투리를 쓰시는 어머니들은 손자들이 '할머니!' 하고 부르면, '오이~' 또는 '어이~'라고 답하며 웃는다. '오냐'의 사투리지만, 훨씬 더 살가운 말이다. 아이들한테도 '오이~'라는 말이 좋았나 보다. 그래서 '오이 할머니'이시다.

　　아이들이 그때보다 더 어린 아기였던 어느 날이었다. 나는 작은방 책상에 앉아 밤늦게 일을 하고 있었고, 옆방에는 두 살과 세 살인 연년생이 제 엄마와 나란히 누워 토닥토닥 잠을 청하고 있었다. 딸은 유달리 밤잠이 없었다. 잠자리에서 졸음에 못 이긴 제 엄마가 아이들을 재우다 스르르 눈꺼풀이 떨어지면 '눈 켜! 눈 켜!' 하면서 선잠이든 제 엄마 눈꺼풀을 당겨 올렸다.

　　밤은 더 깊어지고 재잘거리던 아이들 목소리와 아내의 자장가 소리가 차츰 잦아들었다. 그래서 모두 깊이 잠들었나 싶었는데 작은 소리가 들렸다. 가만 들어 보니 딸이 부르는 노랫소리였다. 꼼지락거리며 장난치던 동생도 자고 엄마가 불러주던 자장가도 그쳤는데, 저 혼자 동요를 부르기 시작한 것이다.

　　나는 의자를 뒤로 젖힌 편안한 자세로 큰방에서 들려오는 어린 딸이 부르는 노래를 감상했다. 어둡고 조용한 방에 산토끼와 노랑나비와 얼룩 송아지, 그리고 우물가에 개구리 한 마리가 차례로 나와 춤을 추었다. 밤늦게 쌓인 피로가 저절로 풀리는 것 같았다. 동요는 접속으로 이어지더니 얼마 안 있어 잠잠해졌다. 아는 노래가 더 이상 없는 것 같았다. 큰방은 굴 따러 간 엄마 방처럼 다시 고요해졌다.

그런데 내가 의자를 당겨 앉아서 하던 일을 마저 시작하려던 차에 딸의 노랫소리가 다시 들려왔다. 아까 한 번 불렀던 '송아지 노래'였다. 그 짧은 동요는 '엄마 소도 얼룩소 엄마 닮았네'를 끝으로 금방 끝났다. 그런데 딸아이는 또 송아지 노래를 불렀다. 이번에는 노래 끝 소절 가사 '엄마 소'를 '아빠 소'로 바꾸어 불렀다.

♪♪ 송아지 송아지 얼룩 송아지
아빠 소도 얼룩소 아빠 닮았네 ♪♪

송아지 노래는 그치지 않았다. 이번에는 아기 동생 소였다.

♪♪ 송아지 송아지 얼룩 송아지
아기 소도 얼룩소 아기야 닮았네 ♪♪

그 부분에서는 새근새근 잠든 제 동생을 보며 노래하는지 목청이 한껏 올라갔다. 송아지 메들리는 줄줄이 꼬리를 물었다. 할머니 소, 삼촌 소, 숙모 소, 고모 소, 고숙 소가 줄줄이 나왔다. 세상 사람들 모두 편안히 주무시라고 불러주는 자장가였다.

　나는 큰방으로 가서 천사 같은 모습으로 노래하고 있는 딸 옆에 누웠다. 얼마 지나지 않아 사랑스러운 천사는 내 품에서 새근새근 잠이 들고, 얼룩소 아빠는 속눈썹 긴 아기 소를 바라보며 오래오래 행복했다.

겨울 배추
-자식은 오장육부에서 올라오는 그 무엇

하필이면 그해 들어서 제일 추운 날 시골에 갔다. 김장은 끝났지만, 엄마의 배추들은 그 전해처럼 또 주인을 찾아가지 못하고 황량한 밭에서 찬바람을 맞고 있었다. 엄마는 배추 캘 채비를 하셨고 아픈 동생은 꿈꾸듯 우리를 기다리고 있었다.

들판 끝에서 배추밭으로 불어오는 바람이 매서웠다. '올해는 제발 우리 먹을 만큼만 심읍시다'라고 했는데, 엄마와 아픈 동생은 기어코 천 포기가 넘는 배추를 심었다. 엄마는 빌린 밭을 놀릴 수 없다고 하셨고 아픈 동생은 배추 팔아 형님 차를 새 차로 바꿔주겠다고 했다.

더운 여름부터 동생은 밭두렁을 휘청휘청 걸으며 물통을 날랐다. 그렇게 키운 배추는 김장철이 지날 때까지 한 포기도 팔지 못했다. 엄마는 여기저기 보낼 김장을 욕심껏 하였다. 김장용 양념이 다 떨어지자, 며칠씩 백김치를 담갔다. 하지만 밭에 남은 배추는 여전히 줄지 않았다. 한파가 닥친다고 했다. 밤새 배추가 꽁꽁 얼기 전에 아직 속이 안 벌어진 놈들이라도 골라 거두어야 했다.

엄마와 내가 배추 밑동을 칼로 잘라 캐서 주면, 아내와 아들딸이 시든 잎을 솎아내었다. 엄마는 망연히 보고만 있는 동생한테 "이놈아, 와서 거들어라!" 하며 짐짓 야단을 치셨다. 누나와 나는 못 들은 척 배추 밑동만 잘랐고, 아내가 "도련님 추운데, 집에 들어가 계세요"라고 했다. 어쩔 줄 모르는 동생은 선뜻 집으로 가지 못하고 우리가 일하는 내내 서성이고 있었다.

처음 배추밭을 쳐다보니 한숨이 절로 나왔지만, 해가 저물 때까지 일하니 그나마 속 찬 배추를 반쯤 거두었다. '게으른 눈아, 걱정을 마라. 부지런한 손이 있다'라는 말이 생각났다. 엄마가 아주 오래전, 당신 혼자서 다섯 남매를 거둘 때부터 자주 하신 말씀이다. 언뜻 보기엔 막막하고 힘들어 보이는 일이지만 두 팔 걷고 나서면 시나브로 끝낼 수 있다는 말이다.

춥고 힘든 일과를 마치고 때늦은 저녁상에 둘러앉았다. 텔레비전에서는 주말 예능프로그램이 한껏 신이 나서 웃음소리가 끊이지 않았다. 예능프로그램은 '우리가 이렇게 즐거우니 시청자 여러분도 즐겁게 사세요'라고 말하는 것 같았다. 무심하게 텔레비전 화면 속 잔치를 보고 있는데 엄마가 구운 조기 새끼와 막걸리를 들여오셨다. 엄마는 막걸리를 홀짝거리는 나를 보며 혀를 차셨다.

"애비는 아직도 춥는 갑다. 저 뺨 좀 봐라. 시퍼렇다. 에이고."

나는 정말 추운 것이 싫다. 어릴 적, 아이들과 같이 눈싸움을 해도 손을 호호 불며 제일 먼저 집으로 왔고, 얼음지치기나 연날리기 같은 것은 구경하는 것조차 버거워 시린 발을 동동 굴렀다. 그렇지만 나는 시치미를 떼고 엄마에게 말했다.

"대체 아들 놀리는 엄마가 어디 있소? 참, 이상한 엄마도 다 있네."

그날 밤이었다. 방에 불이 꺼지고 아이들 소리가 잦아들자, 아내가 말했다.

"어머니도 참 심하시더라."

갑자기 무슨 말인가 싶어 돌아누웠더니 아내가 감춰두었던 속내를 털어놓았다. 아내는 엄마가 하신 말씀 "애비는 아직도 춥는갑다"는 말이 못내 서운했단다. 아내는 다들 똑같이 찬바람 맞으며 일했는데, 어떻게 초등학생인 손자보다 다 큰 어른 추운 것만 안타까워하시냐는 것이다. 나는 세상모르게 콜콜 잠자고 있는 아들에게 조금 미안했다. 칠순 어머니는 중년의 아들이 안타까웠고, 젊은 엄마는 열두 살 어린 아들이 안쓰러웠다.

다음 날 아침 모두 밥상에 둘러앉아 식사할 때, 나는 은근슬쩍 그 이야기를 꺼냈다.

"어무니, 나 어젯밤에 에미한테 재미난 이야기를 들었소."

그렇게 운을 떼니 눈치 빠른 아내가 눈이 동그래져 내 쪽을 보더니 이내 슬쩍 웃었다. 생선 뼈를 발라 손자들 밥그릇에 놓으시던 엄마도 아내와 나를 번갈아 보았다. 나는 남의 일처럼 천연덕스럽게 말했다.

"어느 집 배추밭에서 삼 대가 함께 배추를 캐는데요. 그 집 할매가 열두 살짜리 손자보다 중년이 된 아들 추운 것만 걱정하더랍니다."

아내가 '아이구, 참 나' 하며 키득거렸고 이내 감을 잡으신 엄마가 잠시 '내가 그랬었나?' 하는 표정을 지으셨다. 엄마는 약간 겸연쩍게 웃으시더니 대답해 주었다.

"살아봐라. 옛말에 한 다리가 삼천리라 그랬다."

"그래도 손자가 훨씬 귀엽지 않아요. 어머니?"

시어머니와 며느리의 솔직 담백한 문답이 이어졌다.

"아무렴, 우리 손자들 귀엽고말고. 예쁘고 사랑스럽지."

"그럼 대체 아들과 손자의 느낌은 어떻게 달라요?"

"손자는 눈에 확 들어오는 사랑스러움이고 아들은 오장육부에서 올라오는 그 뭐시냐 그런 것이 있다네. 자네도 살아 보게."

두 어머니가 이런 이야기를 주고받을 동안에도, 늙은 내 어머니가 오장육부에서 올라오는 그 무엇으로 부둥켜안고 사는 아픈 동생은 '대체 이 맛있는 생선 안 드시고 뭔 말씀을 하시나?'라는 듯 우리를 일별하였다.

엄마는 가끔 목을 빼고 아들 밥그릇이 비어있지 않은지 국그릇이 식지 않는지 보았다. 그리고 또 무엇을 가지러 가시려는지 방문을 열고 부엌으로 가셨다. 나는 엄마 뒷모습을 보다 마당에 쌓아놓은 배추를 보았다. 엄마는 당신 탓이 아닌데도 아직 거두지 못한 배추를 내내 애달파하실 것 같았다.

당신이 빛날 때

-이 순간, 우리들 머리 위로 쏟아지는 빛

월요일 아침, 직원회의를 마치고 각자 교실로 향하던 중이었다. 함께 걷던 오십 대 여선생님이 앞서가던 이십 대 젊은 선생님에게 말했다.

"하 선생, 어쩜 그렇게 예쁘고 날씬해?"

젊디젊은 선생님은 뜻하지 않은 찬사에 뒤돌아보며 활짝 웃어주었다. 하얗고 가지런한 치아에 젊음이 반짝거렸다. 그 모습을 부러운 듯이 바라보는 오십 대 여선생님도 빛나는 청춘이 있었을 터이다. 나는 누님 같은 여선생님에게 말했다.

"뭘 그렇게 부러워하십니까? 선생님도 젊었을 때는 한 인물 했잖습니까?"

오십 대 여선생님이 입을 가리고 호호호 웃더니 대답했다.

"아닙니더. 나는 젊었을 때보다 지금이 훨씬 예뻐예. 우리 집 아저씨가 그랬어예."

함께 걷던 교사들 사이에 웃음꽃이 쏟아졌다. 중년 남교사도 맞장구를 쳤다.

"맞습니다. 우리 마누라도 내가 나이 들수록 멋지다 그럽니다."

우리는 그렇게 덕담을 주고받으며 교실로 들어갔다.

주말이 왔다. 토요일 새 아침이 밝았다. 오랜만에 나들이를 하기로 했다. 매끈하게 면도하고 외출복으로 갈아입는데, 아무래도 옷차림이 겨우내 칙칙함을 떨치지 못한 느낌이었다. 춥지만 화창한 날씨니까 약간 화사한 스타일이 좋을 것 같았다. 안 되겠다 싶어 옷장 서랍을 열고 기웃거리니, 아내가 깃이 있는 티셔츠를 권했다.

"나이 든 아저씨 같아 보여서 싫은데?"

"당신 나이 든 아저씨 맞잖아? 점잖아 보여 좋구먼."

"나는 점잖은 스타일보다 나쁜 남자 스타일이 어울리는데…"

그렇게 말하고 한동안 입지 않았던 원색 셔츠를 꺼내 입었다. 거울 앞에 서서 보니 가슴에 있는 커다란 체크무늬가 시원해 보였다. 아까보다 훨씬 젊어 보여 혼자 흡족했다.

"음, 적당히 나빠 보이는군. 됐어!"

문밖에서 힐끗 나를 흘겨보던 아내가 중얼거렸다.

"나쁜 남자? 별꼴이야. 정말."

아내의 혼잣말을 귀 밝은 내가 들었다. 이상하게도 '정말 별꼴'이라는 표현이 거슬리지 않았다. 짧은 순간, 젊은 시절 시시껄렁한 수작을 거는 더벅머리 총각과 좋은 듯 싫은 듯 뽀로통해져서 톡 쏘아붙이는 콧대 높은 아가씨를 떠올렸다. 은근히 재미있어서 속으로 나를 옹호했다. 별 하나 나 하나 별 둘 나 둘….

지난 시절은 우리 곁을 떠나 이미 사라져 버린 빛. 젊은 날 풋풋했던 모습도 믿지 못할 기억의 편린. 하지만 지금 우리가 보는 이 광경은 화사하게 쏟아지는 새 빛들의 향연. 강물과 유리창, 새벽하늘과 아스팔트, 그리고 나뭇잎과 아이의 눈망울이, 날마다 빛나는 이유를 이제 어슴푸레하게 알겠다. 지금 새로운 이 순간, 당신이 눈부시다.

2부

고하분교

-그 학교 아이들은 어디로 갔을까.

버스가 헉헉대며 산비탈을 오르면, 저 멀리 내려다보이는 들판에 그 동네가 있다. 고등학생이었던 나는 차창 넘어 우연히 눈에 띈 그 동네 정경에 눈을 빼앗겼다. 내가 사는 곳이 시골인데도 불구하고 그곳에 가서 살고 싶을 정도로 단아한 동네였다.

마을이 한 폭의 그림 같았다. 산자락 아래 집들이 어미 닭의 품속 병아리처럼 옹기종기 모여 있고, 마을 앞에는 넘치지도 모자라지도 않을 만큼 곡식이 익는 들판이 펼쳐졌다. 그 배경으로 작은 예배당과 초등학교와 반듯한 운동장이 보였다.

도시에서 자취 생활을 하던 나는 매주 고향을 오갈 때마다, 버스 안에서 잠시 스쳐 가는 동안만 볼 수 있는 그 풍경에 매료되었다. 하지만 얼마 안 있어 4차선 고속도로가 새로 뚫리고 버스도 곧게 난 길로 바람처럼 지나갔기에, 풍경화 같던 그 동네도 내 기억 속에서 희미해졌다.

그런데 많은 세월이 흐른 어느 해, 내가 거짓말처럼 그 마을에 살고 있었다. 처음에는 몰랐다. 도시에서 시골로 발령을 받아 학교 사택에 이삿짐을 내릴 때까지, 그곳이 학창 시절에 내 눈을 뺏던 그 동네인 줄 전혀 몰랐다. 이사를 하고 며칠 후, 야트막한 산자락에서 곱게 이어진 들판 그리고 작은 학교와 반듯한 운동장이 되살아났다. 나도 모르는 사이 예전에 꿈꾸던 마을 품에 안겨 있었다.

한때는 면 중심 학교였던 그 학교는 내가 부임했을 때는 4학급 규모의 분교장으로 격하되었다. 부임하고 나흘 뒤 입학식이 열렸다. 일곱 명 신입생을 환영하는 자리에 학부모뿐만 아니라 동네 사람들이 참석하여 오랜만에 학교가 떠들썩한 잔칫집 분위기가 되었다. 옛날에 학교를 처음 지을 때 십시일반 모금을 하고 개인 논을 학교 운동장으로 기부한 어르신들도 오셨다. 노인들과 학부모들은 입학생 수가 지난해보다 늘어난 것과 젊은 교사가 자녀들을 데리고 사택에 와서 생활하는 것을 무척 기뻐하였다.

그해 삼월, 나는 내 교직 생활에서 두 번 다시 보지 못한 감동적인 장면을 보게 되었다. 수업 중인데 밖에서 요란한 기계 소리가 들렸다. 창가로 가서 운동장을 내려다보니 경운기들이 줄줄이 교문을 들어서고 있었다. 마을 주민들이 몰고 온 경운기였다. 그분들은 근처 냇가에서 흙을 실어 와서 울퉁불퉁 갈라진 운동장을 메우는 작업을 하였다.

젊은 사람들은 경운기로 흙을 실어 나르고, 어르신들은 농기구로 흙을 고르게 펴는 작업을 하였다. 나는 아이들과 함께 창문 가에 붙어 서서 한참 그 모습을 바라보았다. 아이들의 책 읽는 소리와 경운기 소음이 묘한 화음으로 들렸다. 하지만 가슴이 더욱 뭉클했던 것은 다음 날이었다.

아침부터 옆구리에 세숫대야를 낀 할머니들이 아이들처럼 학교로 오셨다. 할머니들은 머릿수건을 두르고 운동장에 쪼그려 앉아 여기저기 널린 자잘한 돌멩이들을 주워 담았다. 냇가에서 실어 온 흙이라서 잔돌이 많았기 때문이다. 할머니들은 며칠 동안 앉은뱅이걸음으로 일일이 잔돌을 골라 세숫대야에 담아내셨다.

소규모 학교에 대한 폐교 소식이 심심찮게 들려오던 때였다. 폐교 대상이 된 학교에는 알게 모르게 시설 지원이 소홀했고, 점점 낡아가는 학교를 위해 동네 사람들 스스로 나선 것이다. 나는 교육청 장학사에게 내가 본 광경을 그대로 전했다. 학구민들이 학교를 사랑하는 마을을 알아주시고, 최소한 교육활동은 지장이 없도록 지원해 주면 좋겠다고 했다.

그해 여름방학을 앞둔 어느 날, 학교 운동장에 모래를 실은 덤프트럭이 들이닥쳤다. 교육청 예산지원이 떨어진 것이다. 운동장 곳곳에 산더미 같은 모래가 쌓여 있었다. 잔돌이 섞인 갯가 흙이 아니라 눈부신 금빛 모래였다. 내 집 마당에 쌀가마를 쌓은들 그렇게 반가울까 싶었다.

　다음날 소식을 듣고 달려온 마을 사람들과 교직원들이 힘을 합해 운동장에 쌓여 있는 모래 고르기에 나섰다. 모두 기쁜 마음으로 땀을 흘렸지만, 그 많은 모래를 평평하게 만드는 일이 간단치 않았다. 그때 동네에서 식당을 하는 학부모 한 분이 꾀를 냈다. 트럭 뒤에 무거운 철제빔을 가로로 매달아 이리저리 끌고 다니며 모래를 고르는 방법이었다.

　그 기막힌 장면은 이랬다. 맨 앞에 일 톤 트럭이 철제빔을 매달고 운동장을 빙빙 돌고, 철없는 아이들이 환호성을 지르며 그 뒤를 쫓아갔다. 놀란 교사들이 철부지들이 다칠까 싶어 아이들 뒤를 따라다녔다. 그 우스꽝스러운 모습을 학교 앞을 지나다니던 도로 공사 차가 본 모양이었다. 마을 인근에서 도로포장 공사하던 차였다. 기사님들은 차 세워 놓고 구경하다가 우리들에게 잠시 쉬라고 하더니, 얼마 안 있어 공사용 특수차를 몰고 운동장에 들어왔다.

　먼저 땅 고르는 차가 보란 듯이 작업을 시작했다. 그 큰 차가 운동장을 몇 바퀴 돌자 운동장이 금세 방바닥처럼 평평해졌다. 그뿐만 아니었다. 땅 고르는 차가 멋들어지게 시범을 보이고 물러나자, 이번에는 땅 다지는 차가 입장했다. 육중한 바퀴가 달린 특수차도 운동장을 몇 바퀴 순회했다. 그랬더니 시골 학교 운동장은 올림픽 경기장처럼 깔끔하고 멋있게 변했다.

아이들은 황금 카펫을 깔아놓은 듯한 운동장에서 환호성을 지르며 뛰어다녔다. 학교 시설을 돌보는 양 주사님은 집에 가서 막걸리와 안주를 가져왔고, 나도 벅찬 감동으로 동네 가게로 달려가서 담배와 음료수를 사 와, 하늘에서 홀연 나타난 흑기사님을 대접했다. 그리고 동네 사람들과 운동장 한편에 자리를 펴고 땅거미가 질 때까지 막걸릿잔을 기울였다.

나는 고하분교에서 내리 4년을 근무하고 도시로 전근을 갔다. 그후 나는 5년 만에 다시 돌아왔지만 고하분교로 돌아갈 수가 없었다. 단정한 2층짜리 본관과 오래된 음악당, 그리고 동화 같은 이야기가 있는 운동장도 그대로였지만 아이들 소리가 들리지 않았다. 고하분교장은 내가 돌아오기 한 해 전에 폐교되었다.

고수를 그리며
-그날 이후 나는 착하게 살았다.

오래된 앨범 갈피에 낡은 사진 한 장, 젊은 우리 엄마가 환한 웃음을 지으며 젖먹이 동생을 안고 있다. 그 앞에 올망졸망 나머지 우리 삼 형제가 서 있다. 놀란 토끼 눈을 한 손아래 동생은 차렷 자세로 서 있고, 누나는 사진기를 향해 밝게 웃는데, 여덟 살인 나는 한쪽 발을 앞으로 내민 삐딱한 자세로 정면을 째려보고 있다. 소싯적 내게 불량기가 있었음을 증명하는 흑백사진이다. 그랬다. 어린 시절 난 좀 불량했다. 고등학교 일 학년 때 그 선배를 만나기 전까지.

시골에서 중학교를 마치고 인근 도시에 있는 공업고등학교에 진학했다. 교실에서 공부하는 시간보다 실습장에서 기계와 씨름하며 보내는 시간이 많았다. 국가에서는 실습복에 '기술인은 조국 근대화의 기수'라는 견장을 달아주고 자긍심을 부추겨 주었다. 그러나 우리는 이미 공돌이라고 불리고 있었다. 가난한 흙수저 출신, 열일곱 살 청춘들은 우울했다.

나는 입학하자마자 같은 반 친구와 신경전을 벌였다. 나처럼 시골 출신으로 도시에 유학 온 같은 반 종백이. 그 녀석이 거슬렸다. 얼굴에 각이 지고 어깨를 좌우로 흔들며 건들건들 걷는 품새가 특히 맘에 들지 않았다. 가는 눈빛이 그러니 오는 눈빛도 당연히 뾰쪽했다. 종백이도 내게 뒤틀리는 감정을 숨기지 않았다. 우리는 자주 으르렁거렸고 어느 날 기어코 맞짱을 뜨기로 했다.

"한판 붙어 볼래?"

"붙자."

"수업 마치고 교문 앞에서 보자."

"좋다."

학교에서 조금 외떨어진 곳이었다. 강물과 솔밭 사이, 아무도 없는 백사장에 우리는 마주 보고 섰다. 나는 손목을 돌리면서 긴장을 풀고, 종백이는 웃통을 벗었다. 그런데 녀석은 웃통뿐만 아니라 바지까지 벗고 팬티 차림 공격 자세를 취했다. 왕년에 싸움박질 좀 해보았다는 압박이었다. 나는 당혹스러웠지만 속내를 감추고 이소룡처럼 가슴께로 주먹을 들어 올렸다. 바람 부는 백사장에서 우리 둘의 결투는 그렇게 시작되었다.

다가서고 물러나며 한참을 치고받던 어느 순간, 종백이의 코에서 피가 흘렀다. 하지만 코피가 상황 종료를 대신하던 어린 시절이 아니었다. 종백이는 급격히 흥분해 괴성을 지르고 흘러내리는 코피를 제 손바닥으로 훔치며 달려들었다. 승부는 쉽게 결정 나지 않았고 우리 둘은 급속히 지쳐갔다. 숨이 턱까지 차올라 더 이상 싸울 기력이 없었다. 불도저처럼 밀어붙이던 종백이도 걸음을 제대로 떼지 못했다. 내가 먼저 주먹을 내리고 말했다.

"그만하자."

나는 벗어놓은 교복을 챙겨 입었다. 분이 덜 풀린 종백이는 계속 싸우자고 소리를 질렀지만 달려들지는 않았다. 돌아보니 녀석도 벗어놓은 바지를 챙겨 입고 나를 따라오고 왔다. 그런데 우리가 좁은 솔밭길을 걸어 나올 때, 우리 학교 배지를 단 학생과 마주쳤다. 3학년 선배였다. 우리는 거수경례를 했다. 그 학생은 그냥 지나칠 듯하더니 우리를 불러 세웠다.

"둘이 싸웠나?"

그 학생은 한눈에 우리 상황을 눈치챘다. 종백이는 교복 바지를 벗고 싸워서 옷이 말짱했지만, 모래밭을 뒹군 내 교복 바지는 흙투성이였다. 그는 짧게 한 마디 던지고 돌아섰다.

"내일 아침에 3학년 7반 교실로 와! 알았나?"

다음 날 아침, 우리는 3학년 7반 교실 문을 열었다. 호랑이 소굴 같았다. 덩치 큰 호랑이들이 일제히 우리를 쳐다보았다. 교실 저쪽에서 어제 그 선배가 손짓하였다. 종백이와 나는 몸을 한껏 낮추고 '우리는 서로 화해하였으며 이제 사이좋게 지내기로 했다'라고 말했다. 다행히 별다른 괴롭힘을 주지 않았다. 대신 그는 '한 번만 더 싸우다가 걸리면 죽는다'라고 하면서 놓아주었다. 우리는 코가 땅에 닿도록 인사를 하고 물러섰다.

그런데 옆에서 지켜보던 또 다른 학생이 우리를 불러 이러쿵저러쿵 훈계하였다. 그러고 나면 또 다른 학생이 기다렸다는 듯 우리를 세워 놓고 학교 명예가 이러니저러니 하며 겁을 주었다. 이른바 후배 길들이기 뺑뺑이였다. 우리는 개밥 속 도토리처럼 여기저기 굴러다니다가, 제일 뒷자리에 앉은 덩치가 큰 선배 앞에 섰다. 인상이 험상궂게 생긴 그를 보니 무서워서 울고 싶은 지경이었다. 그런데 깡패처럼 생긴 그 학생이 뭔가 말하려고 입을 달싹이는 순간 어디선가 벼락같은 소리가 들려왔다.

"야, 이 자슥들아! 지금 머 하는 짓이고!"

갑작스러운 고함 소리에 깜짝 놀라 고개를 돌려보니, 교실 창가 쪽 중간 자리쯤에 누군가 일어서서 이쪽을 바라보고 있었다. 선생님이 들어온 것이 아니라, 키가 중간쯤 되고 다부져 보이는 학생이었다. 교실은 삽시간에 물 끼얹듯 조용해졌다. 그는 같은 반 친구를 둘러보며 소리쳤다.

"쪽팔리게 1학년을 데리고 노는 것이 3학년이 할 짓이가!"

목소리가 쩌렁쩌렁했다. 하지만 아무도 나서서 맞서지 않았다. 50명 가까운 학생들이 그 선배의 강렬한 눈빛과 단호한 표정에 압도당

하는 것 같았다. 우락부락한 학생도 잠시 난감해하더니 순순히 우리를 보내주었다. 종백이와 나는 숨을 죽이고 교실을 빠져나왔다.

그날 고수를 보았다. 진정한 싸움꾼은 진흙탕 속에서 눈부셨다. 정의의 이름으로 빛나는 그 위풍당당함에 하수들은 꼬리를 내렸다. 또한 고수는 상대를 섣불리 제압하려 들지 않았다. 정곡을 찌르는 말한마디로 혼란을 평정하고 하수로 하여금 스스로 과오를 알게 하는 카리스마가 있었다.

3학년 7반 교실에서 죽다가 살아난 우리는 그 후 생활 태도가 달라졌다. 종백이는 아무에게나 건들거리지 않았고, 나도 사소한 이유로 남을 째려보지 않았다. 나는 그날 이후 단 한 번도 야만스러운 주먹질을 하지 않았다. 그야말로 '차카게' 살았다.

나비야, 청산 가자

-도시 변두리 어느 허름한 밥집에서

'초저녁 달'이라는 뜻의 이름을 가진 어느 동네가 있었다. 지금은 대로가 뚫리고 대단위 아파트가 들어선 도회지가 되었지만, 20년 전에는 그 이름만큼이나 촌스러운 변두리 동네였다. 책 외판원이었던 나는 가끔 그 동네에서 가판을 쳤다. 그날 황량한 동네 골목을 누비며 다니다가 점심때가 되었을 때, 길가에 있는 허름한 식당으로 들어갔다.

막걸리와 국밥 등 간단한 요깃거리를 파는 옛날 주막 같은 밥집이었다. 낡은 나무 대문을 열고 안을 들여다보니 아무도 보이지 않았다. 그때 만약 오십 대 중반쯤으로 보이는 주인아줌마가 조금만 늦게 나왔더라면, 뒤돌아 문을 닫고 나올 정도로 쓸쓸한 분위기였다. 주인아줌마는 내실 쪽에서 "아이고, 마수 손님 오시네"라며 손을 비비며 나왔다.

아줌마는 얼른 내가 앉을 의자를 맨손으로 훔치고 자리에 앉기를
권했다. 나는 물국수 곱빼기를 시켰다. 그녀는 주방이랄 것까지도 없는
좁은 공간에서 음식 준비하면서 약간 상기된 목소리로 말을 걸어왔다.
나는 그녀의 수다스러움이 왠지 피곤해 건성으로 대답해 주었다.

잠시 후 물국수가 나오고 내가 젓가락을 드는 순간에, 바깥쪽에서
시끌벅적한 풍물 소리가 들려왔다. 주인아줌마는 잰걸음으로 문간
쪽으로 가더니 소리 나는 쪽으로 목을 삐쭉 내밀어 보았다.

"아이쿠, 왔구나. 왔어!"

그녀는 혼자 중얼거리더니 갑자기 부산을 떨었다. 정돈된 식탁과
의자를 새삼스레 다시 줄 맞추고 마른행주로 싹싹 소리가 나도록 식
탁을 닦았다. 그리고 식탁마다 막걸리 주전자와 간단한 안주와 잔을
나르는 등 혼자 분주했다. 그러면서도 잠깐씩 동작을 멈추고 풍물 소
리가 나는 쪽을 향해 귀를 세우고 흐뭇한 미소를 지었다.

동네 풍물꾼들이 꽹과리를 앞세우고 집집이 돌아다니며 터를 다
져주고, 주인은 술과 안주를 접대하는 그런 날이었다. 풍물패는 아직
멀리 있는 것 같은데 신명 나는 장단이 작은 밥집 안에 점점 크게 들
려왔다.

들뜬 기분을 주체하지 못하고 안절부절못하는 주인아줌마의 모습
이 재미있었다. 그녀는 식당 안 유일한 손님은 이미 안중에 없는 듯,
벽면에 발라놓은 낡은 거울 앞에서 옷매무새를 다듬더니, 풍물꾼들

이 들이닥치면 부조할 지폐를 꺼내 꼬깃꼬깃 허리춤에 넣었다.

한껏 부푼 아줌마 모습과 드높아지는 장구 소리에 나도 덩달아 마음이 설레었다. 그래서 짐짓 모르는 척 수저질을 하면서 풍물패가 들어오기를 기다렸다. 그 흥겹고 신명 나는 놀이판 가운데 잠시나마 묻히고 싶었다. 풍물패는 드디어 바로 옆 가게까지 와서 쿵쿵쾅쾅 야무지게 터를 다져주었다.

식당 아줌마는 벌써 양쪽 출입문을 활짝 열어놓고, 한양 갔다 오시는 서방님 맞이하듯 빙긋빙긋 웃고 있었다. 이제 곧 형형색색 고깔을 쓴 사람들이 들이닥치리라. 나도 숨을 죽이고 문간 쪽을 바라보았다. 그런데 아! 옆 가게에서 터를 다지고 나오던 풍물패 무리가 식당 문밖에 언뜻 보이는가 싶더니, 아줌마가 서 있는 앞을 그냥 스쳐 지나고 갔다. 나는 짧은 순간 울긋불긋한 풍물패 옷만 보았다. 요란한 풍물 소리는 바로 옆 가게에서 들렸다.

그날 문 앞에서 되돌아서던 아줌마의 표정을 잊을 수가 없다. 출입문에서 내실까지 몇 걸음을 걸어오는 동안, 아줌마 얼굴은 순간순간 변하고 있었다. 분노와 수모로 낯빛이 붉어지는가 싶더니, 이내 슬픔과 허탈함의 그림자가 그녀의 얼굴을 덮었다. 그녀는 한쪽 다리를 곧추세운 채 의자에 걸터앉아 아무 말 없이 담배를 피웠다.
내가 계산을 치르고 식당 문을 나설 때까지 옆 가게에는 여전히 동네 사람과 풍물패의 악기와 깃발이 어우러져 춤추고 있었다. 그런데 이상하게도 그 신병 나는 풍물 소리를 전혀 들을 수 없었다. 그날 이후 정월 대보름 흐드러지게 노는 풍물놀이를 보면, 어디선가 주막집 아줌마 혼자 부르는 노래가 들리는 것 같았다.

나비야 청산 가자.

범나비야 너도 가자.

가다가 저물거든 꽃에서 자고 가자.

꽃이 푸대접하거든 잎에서 자고 가자.

선생님, 칠판도 우습게 생겼어요

-웃음은 눈물이 보내는 해맑은 얼굴

옥동자를 빼다 박은 우리 반 변모 군이 울고 있다. 혀를 내두를 정도로 못 말리는 개구쟁이지만 덩치답게 의젓한 면도 있어서 한 번도 운 적이 없는 녀석이다. 그런 변 군이 울고 있다. 아예 책상 위에 얼굴을 묻고 엉엉 통곡하고 있다.

내가 묻기도 전에 참견하기 좋아하는 아이들이 상황을 설명해 주었다. 발단은 애초에 장난을 좋아하는 변 군 탓. 괜히 장난기가 발동한 변 군이 자기 방귀를 손아귀로 잡아 키 작은 아이 1의 코에 갖다 댔다. 불의의 가스 습격을 당한 아이1은 옆에 있던 키 작은 아이2에게 '변 군 똥 쌌다'라는 보복성 유언비어를 유포했다. 아이2는 역시 제 키만 한 아이3에게 헛소문을 퍼뜨렸다. 그리고 키 작은 아이 1·2·3이 합세하여 키 큰 변 군을 향해 '정말 똥 싼 것 아니냐?'라며 놀린 것이다.

변 군은 자신이 저지른 장난으로 꼼짝없이 보복당했다. 하지만 보여주지 않는 한 증명할 수 없는 상황, 그러나 차마 보여줄 수 없는 딜레마에 빠진 변 군은 펑펑 쏟아내는 눈물로써 결백을 주장하는 중이었다.

도토리만큼 엇비슷한 키 작은 아이 셋을 불러냈다. 비겁하게 세 명이 한 명을 몰아붙이는 왕따 수준의 죄임을 알려주었다. 그리고 변모 군을 포함한 네 명에게 각자 무엇을 잘못했는지 생각해 보라고 교실 앞쪽에 세워 두었다. 아이들이 반성의 시간을 갖는 동안, 나는 의자에 털썩 앉아 교탁에 쌓인 일기장에 쾅쾅 도장을 찍었다.

그런데 킥킥 웃는 소리가 들렸다. 고개를 들어 쳐다보니 3분단 김모 양 일당들이었다. 친구들이 벌 받고 있는데 웃고 있다니 이건 또 무슨 경우인가. 지시봉으로 교탁을 내리치고 촉새 일당을 불러냈다. 왜 웃느냐고 물었더니 '왠지 그냥 앞에 서 있는 친구들이 웃기게 보여서'라고 한다.

웃음보가 터질락 말락 하던 촉새 세 명은, 앞으로 나와 꿀밤 하나씩 먹고 자리로 들어가면서도 쿡쿡거렸다. 나 원 참, 기가 막혀. 다시 불러내어 야단칠 힘도 없었다. 에휴 한숨을 쉬면서 벌을 받고 서 있는 아이들을 물끄러미 바라보았다. 도토리 세 개를 딱 맞춰서 세워 놓은 것처럼 키가 똑같은 아이 셋, 그 사이에 타조 목처럼 뻘쭘하게 솟은 한 아이의 구도가 우습기는 우스웠다.

교실 여기저기 웃음이 터졌다. 벌을 받고 있던 녀석들도 서로를 쳐다보며 배시시 웃었다. 나는 도토리 세 개와 타조 편을 들어주었다.

"애들아, 너희들 보고 킥킥거리는 저 녀석들이 더 웃기게 보이지 않냐?"

아이들 넷이 헤벌쭉 웃으며 동시에 고개를 끄덕였다. 그러자 다소 풀어진 분위기를 틈타 누군가 재빨리 한마디 거들었다.

"그러고 보니 선생님도 웃기게 보여요."

"뭐시라? 아쭈구리?"

"선생님, 칠판도 우습게 생겼어요. 한번 보세요."

"야, 창문도 엄청 웃기다."

마침내 녀석들은 서로의 얼굴을 가리키며 자지러질 듯 깔깔거렸다. 눈에 띄는 모든 사물이 우스워 죽을 지경이다. 도토리와 타조도 촉새들이 허리를 잡고 웃었다. 너무 우스워 눈물이 나는지 눈가를 훔치며 깔깔대는 아이도 있었다.

울다가 웃으면 엉덩이에 뭐가 난다고 놀리지 말아야겠다. 울음은 비폭력이요 화해다. 웃음은 눈물이 보내는 용서의 해맑은 얼굴이다. 팍팍한 세상을 살아가던 나는, 그해 울다가도 웃는 법을 어린이들에게 배웠다.

폼생폼사

-바지는 괜찮으신가요?

해방이 왔다. 드디어 6학년에서 해방되어 4학년 담임이 되었다. 아, 4학년! 초등학생 중에서 제일 초딩 같은 아이들! 내리 3년 동안 6학년 담임을 하면서 산전수전 다 겪고 보니, 교직 생활 신선도가 급감하던 차였다. 하늘에서 뚝 떨어진 선물 같은 4학년들아! 내가 너희들을 캥거루 아기 주머니에서 키우는 것처럼 돌봐주마.

아이들과 만난 지 이틀째, 체육 시간이 들어 있는데 하필 비가 왔다. 아쉽게도 우리 반이 강당을 사용할 수 있는 날이 아니었다. 시간이 갈수록 빗줄기가 점점 굵어졌다. 그래도 아이들은 체육 하자고 졸랐다.

"비가 오는데? 운동장이 흠뻑 젖었는데?"

내가 거부할수록 아이들은 몸이 달았다. 귀여웠다. 이럴 때 선생님의 능력을 보여주어야 점수를 딸 수 있다.

여기저기 전화를 걸어 다른 반이 사용할 강당을 빌리는 데 성공했다. 교직 생활 경력이 최소한 20년 이상이 되어야 할 수 있는, 이른바 '강당 돌려막기'였다. 나는 어린양들을 앞세우고 의기양양하게 강당으로 갔다. 달리고 싶은 아이는 방목한 망아지처럼 마음껏 달리게 하고, 소리 지르고 싶은 아이들 고성방가하도록 하고, 강당 바닥에 드러눕고 싶었던 녀석들은 기꺼이 제 옷으로 바닥 청소를 닦게 해주었다.

나는 들뜬 아이들이 흐트러지는 시점을 잘 알고 있다. 아이들끼리 까불고 장난을 치다가, 말다툼이 시작되고, 누군가 울고불고하기 직전에 힘차게 호루라기를 불었다.

"집합!"

이미 완벽하게 준비되어 있던 나는, 숙련된 조교처럼 강당 무대에 올라, 매의 눈으로 아이들을 바라보았다. 그리고 즐거운 체육 시간을 만들기 위해 꼬마들이 지켜야 할 수칙을 발표했다.

"첫째 안전과 규칙 지키기! 둘째 졌다고 울지 말고 이겼다고 까불대지 않기! 셋째 심판 말에 복종하기! 이 세 가지를 잘 지키면 행복한 체육 시간이 될 것이요. 그렇지 않으면 국물도 없다. 좌우로 나란히!"

아이들이 교실과는 또 다른, 각이 살아있는 선생님 모습에 선망 어린 눈빛을 보냈다. 이제 준비체조 시범 동작만 보여주면, 아이들은 미처 몰랐던 남선생님 매력에 푹 빠질 것이다. 오합지졸인 군사를 지휘하는 장교의 위엄이랄까. 그것이 바로 내 비장의 무기 '폼생폼사'이다.

공식대로 먼저 준비체조 첫 동작인 팔 운동을 시작으로 시범을 보였다. 나는 군인처럼 딱딱 절도 있는 구분 동작을 선보였다. 그런데 두 번째 동작에서 무릎을 굽혀 자세를 낮추는 순간, 바지 밑에서 '뿌욱!' 하는 소리가 났다. 뭔가 시원했다. 깜짝 놀라서 뒤로 손을 가져가 보니 바지가 터졌다. 교실을 나오기 전에 체육복으로 갈아입기가 귀찮아서 대충 윗도리만 걸치고, 아랫도리는 그냥 양복바지 차림을 한 탓이다.

손으로 더듬어 보니 한 뼘이 넘게 찢어진 바지 틈 사이로 시원한 바람이 솔솔 들어왔다. 수습 불능이었다. 이 상황에서도 침착함을 잃지 않아야 한다. 나는 슬금슬금 옆으로 게걸음을 치며 걸어 무대 한쪽에 있는 낮은 계단에 걸터앉았다.

"애들아, 오늘은 그냥 자유시간 하자."

아이들은 왜 갑자기 준비운동을 안 가르쳐 주냐고 따지지 않았다. 오히려 한껏 자유로워진 익룡처럼 꺅꺅거리며 강당을 뛰어다녔다. 게다가 숙달된 조교가 지시하지 않아도 아무 탈 없이 사이좋게 잘 놀아주었다. 나는 야심 찬 폼생폼사를 접고 늙은 고양이처럼 얌전하게 앉아 있었다.

다음 날 어떤 아이가 일기장에 이렇게 썼다.

"멋진 선생님, 어제 체육 해주셔서 감사해요. 그런데 바지는 괜찮으신가요?"

누가 선생이고 누가 학생인지, 아무래도 거꾸로 된 것 같았다. 일기장 검사를 마치고 스스로에 대한 자기 고백적 행동발달상황을 써보았다.

친구들과 비교적 사이좋게 지내는 편이나, 분위기에 휩쓸려 필요 이상으로 의욕이 앞서고, 그 결과 스스로 난처한 상황을 초래하는 경우가 가끔 있음.

백로를 품다

-홀연 아파트 찾아온 새끼 백로, 산으로 돌려보내기 작전

    정말 외우고 싶은 이름이 있다. 길 한쪽에 소담스럽게 앉아 있는 풀꽃이나 잎이 무성한 나무 속에서 지저귀는 새를 보면 꼭 그 이름을 꼭 외우고 싶다. 하지만 가끔 우연히 알게 된 소박한 이름은 다시는 잊지 않으리라 해도 며칠이 지나고 보면 아리송하다. 나는 외우는 것은 젬병에 가깝다. 꽃 이름 새 이름은 더욱 힘들다.

    작년 여름 창녕 우포늪에서 일주일 생태 연수를 받았다. 우포늪 주변을 탐사하던 나는 강사가 물가를 유유자적 거니는 새들을 손으로 가리키며 '저건 물닭이라고 합니다'라고 말하면, 마음속으로 '물닭물닭물닭물닭…'이라고 혼자 중얼거렸다. 또 '저건 왜가리라고 합니다' 하면 또 '왜가리왜가리왜가리…' 하면서 되뇌었다. 언젠가 그 새를 만나면 자신 있게 그 이름을 부르고 싶었다.

    다음날 한가한 시간, 연수생 몇몇과 함께 새들이 노니는 그곳을 찾

아갔다. 어제 보았던 물닭 몇 마리가 수초 사이를 줄지어 다니고, 잿빛 왜가리 두 마리가 사랑을 속삭이고 있었다. 그중 눈부시게 하얀 깃털에 목이 긴 새 한 마리 새가 눈에 들어왔다. 새들 중 단연 눈에 띄는 우아함, 나는 반가이 그 이름을 되뇌어 보았다.

"음, 백조로군."

그때 나란히 걷던 동료가 '웬 백조?'라고 말했다. 백조가 아니라 '백로'였다. 나는 즉시 입을 다물었다.

엊그제 아침에 내가 사는 아파트에서 우연히 백로를 다시 만났다. 아침을 먹고 베란다에 나가 체조를 하던 중이었다. 줄을 맞춰 주차해 있는 승용차들과 음식물 쓰레기를 수거하는 아주머니 모습이 눈에 들어왔다. 그런데 머릿수건을 쓴 아주머니가 일손을 놓고 길 한쪽을 바라보고 있었다. 나도 목을 쭉 빼고 아주머니가 보는 쪽을 자세히 보았다. 작년에 만났던 그 새, 백로였다.

백로는 아파트 화단 야트막한 나무 위에서 모형처럼 꼼짝 않고 있었다. 아주머니가 손을 뻗으면 닿을 듯 가까웠다. 크기가 고작 30센티 정도밖에 되지 않는 백로는 어디를 다쳤는지 날아갈 생각을 않고 있었다. 출근길인 듯한 아저씨 한 분도 걸음을 멈추고 바라보고 있었다.

"애들아, 백로다. 백로!"

큰소리로 아이들을 불렀다. 하얗고 고운 자태가 홀연 사라지 전에 보여주고 싶었다. 아이들은 다급한 내 목소리에 베란다로 달려 나와서 작지만 우아한 새끼 백로 모습을 보고 탄성을 질렀다. 그런데 눈썰미 있는 딸이 눈 아래 보이는 그곳에 또 다른 관람자를 지목했다. 고양이었다. 아파트 음식물 쓰레기통을 어슬렁거리는 길고양이가 자기도 볼일이 있다는 듯 주위를 어슬렁거리고 있었다.

"아휴, 저걸 어째?"

아이들이 발을 동동 굴렀다. 평화로움은 삽시간에 아슬아슬한 광경으로 돌변했다. 부지런한 아주머니와 출근길 바쁜 아저씨가 한가하게 백로를 감상하기 위한 것이 아니라, 여차하면 어린 백로에게 달려들 고양이를 경계하고 있던 것이다. 아주머니가 머릿수건을 풀어 이리저리 고양이를 쫓아 보았지만, 길고양이는 주위를 맴돌며 백로에 눈을 떼지 않았다. 옆에 있는 아저씨도 휴대폰을 꺼내 어디론가 전화하는 모습이 보였다.

"여보, 장갑!"

나는 면장갑을 챙겨 아파트 계단을 쿵쿵거리며 내려갔다. 아이들도 헐레벌떡 뒤를 따라왔다. 무슨 비장한 전투에 나서는 사람처럼 가슴이 뛰었다. 내려가서 보니 어딘가 전화를 하던 아저씨가 난처한 듯 입맛을 다시고 있었다. 나는 그와 생면부지의 사이임에도 불구하고 인사말을 생략하고 물었다.

"뭐라고 합디까?"

사정이 위급하면 짧은 말 한마디에도 서로 통한다.

"경기도 어디에 있다고 하던데요."

그분 역시 전후 맥락을 생략하고 대답하였다. 그분이 119에 전화를 걸어 '야생동물보호협회'나 '조류보호위원회' 같은 기관의 소재를 문의하였음을 알 수 있었다. 가만 보니 백로는 다친 곳이 없는 듯했다. 나는 준비해온 장갑을 끼며 말했다.

"내가 제집으로 돌려보내겠습니다."

하지만 선뜻 백로를 잡을 용기가 나지 않았다. 고무호스보다 더 가늘고 긴 목을 돌려, 날카로워 보이는 부리로 당장 쪼아댈 것만 같았다. 멈칫하고 돌아보니 아저씨와 아주머니의 의심스러운 시선이 느껴졌다. 나는 손가락으로 아파트 뒤쪽에 있는 나지막한 동산을 가리켰다.

"아마 저쪽에서 날아왔을 겁니다."

백로는 학교 뒤쪽 동산에서 날아온 것이 분명했다. 가끔 내가 근무하는 학교 옥상에서, 병풍처럼 펼쳐진 소나무들 사이를 날아다니는 백로들을 자주 보았다.

심호흡을 하고 백로에게 손을 내밀었다. 작은 백로는 내 손길이 닿아도 그럴 줄 알았다는 듯 도망가지 않았다. 두 손을 모아 보물단지 들 듯 조심스럽게 안았다. 백로는 몸통을 움켜쥔 내 손아귀가 불편했는지 날개를 파닥거렸다. 나도 내 자세가 엉성함을 느끼고 있는데, 숨죽이고 바라보던 아주머니가 빈손으로 시범을 보이며 말했다.

"닭 잡는 것처럼 날개를 안아서 잡아 보소!"

어렸을 때 닭장에 들어가 읍내 장에 내다 팔 닭을 잡던 기억을 되살려 고쳐 잡아 보았다. 그랬더니 백로의 시선이 앞을 향하고 내가 뒤에서 보듬은 안정된 자세가 되었다. 역시 백로였다. 백로는 그 와중에도 우아함을 잃지 않고 '이젠 댁이 알아서 하세요'라고 하는 듯 몸을 맡겼다.

"그것도 생명인데 잘 살려주세요."

내가 백로를 안고 자세를 취해 보이자, 아주머니가 손수레를 끌고 가며 말하였다. 출근길이 바쁜 아저씨도 안심하고 떠나고 길고양이들만 지켜보고 있었다. 나는 아들과 딸을 대동하고 학교 뒤쪽에 있는 동산을 향해 걸어갔다.

가끔 지나가던 사람들이 힐끔힐끔 우리의 어색한 행진을 쳐다보았다. 하지만 섣불리 다가오는 사람은 없었다. 백로도 그랬다. '이제 가마꾼들이 알아서 잘하시겠지' 하는 도도한 표정으로 앞만 보고 있었다. 학교 운동장을 가로질러 뒷동산으로 갔지만 '귀하신 몸'을 놓아줄 장소가 마땅치 않았다. 되도록 거친 짐승이 닿지 않는 높은 곳에 올려 주고 싶었는데, 백로를 안고 나무를 오를 자신이 없었다.

산길 한쪽 풀숲이 있는 쪽에 백로를 내려놓았다. 백로는 키 작은 나무들이 만든 그늘로 가더니 몸을 감추었다. 홀가분했지만 개운치는 않았다. 백로가 여전히 날지 않아서 마음에 걸렸다.

"도둑고양이가 풀숲에 숨었다가 뛰어나오면 어떡하지?"

아들이 중얼거렸다. 하지만 아빠는 날개가 없어 높은 나뭇가지 위에 올려놓을 수 없었다. 우리는 산길을 내려오며 '설마 괜찮겠지' 하며 터벅터벅 걸었다. 그런데 얼마 안 내려와서 여러 마리의 새끼 백로들이 풀숲을 겅중거리며 뛰어다니는 곳을 발견하였다. 잘은 모르지만 날기 연습 중인 듯했다.

"아빠, 여기가 아까 그 백로가 원래 있던 자리 아닐까요?"

딸이 고개를 갸웃거리며 말했다. 우리는 다시 산으로 올라갔다. 백로는 아까 그 자리에서 가만히 쉬고 있었다. 내가 다가가서 다시 안으려 하자 이번에는 제법 생기가 돌아 '폴짝폴짝' 몇 걸음 달아났다. 하지만 난 이미 능숙한 포획자다.

내 품에 안긴 백로가 대가리를 완전히 180도 뒤로 돌려 나를 쏘아보았다. '볼일 끝났으면 갈 일이지 왜 또 귀찮게 하는 거예요?' 하고 따져 묻는 듯했다. 여차하면 바로 공격할 태세였다. 우아하지만 되게 깐깐했다. 나는 두 팔을 길게 펴서 백로 부리와 안전거리를 확보하고 걸었다.

마침내 다른 백로들이 노니는 자리에 왔다. 나는 지난 태풍에 비스듬히 넘어져 있는 소나무 위에 백로를 올려놓았다. 백로는 사뿐사뿐 소나무 위쪽으로 걸어 올라갔다. 그리고 잠시 걸음을 멈춰서 우리를 내려다보았다. '수고들 했어요. 잘 가세요. 안녕' 하는 속말이 들리는 듯했다. 무사히 구출 작전을 끝낸 아이들 이마에 송골송골 이슬이 맺혀 반짝였다.

수박 순정

-말식 군, 수박으로 연애 걸다

    창원에서 보험 하는 친구가 손목시계를 보내왔다. 입사 10주년을 자축하고자 자비를 들여 만든 이른바 '고객 사은 기념품'이었다. 세상 무뚝뚝하고 우락부락하게 생긴 모습 같지 않게 남에게 퍼주고 선심 쓰기 좋아하는 그 마음은 예나 지금이나 똑같다.

    친구 이름은 '말식'이다. 아들만 내리 셋을 낳게 되자, 이제 아들은 그만 있어도 되겠다 싶어 지었다는 이름, 끝 말(末), 심을 식(植) 말식이다. 고등학교 때 우리 동네에서 읍내 고등학교까지 통학하는 학생은 말식이뿐이었다. 열 명 가까운 동갑내기 친구들이 하나둘 고향을 떠났기 때문이다. 어떤 친구는 멀리 이사 가고 어떤 친구들은 공장에 돈 벌러 갔다.

    나도 집을 떠나 인근 도시에서 자취 생활을 했다. 내가 가끔 고향 집에 오는 주말이면, 늘 외롭던 말식이가 귀신같이 알고 우리 집 대문을 들어섰다. 우리는 섬진강이 내려다보이는 강 언덕으로 가서 통기타를 치며 노래를 불렀고, 어둑한 밤길을 걸어서 이웃 동네 여고생 집 근처를 어슬렁거렸다. 하지만 시골은 피 끓는 청춘에 늘 무료하고 맥 빠지는 곳이었다.

"우리, 수박 서리 가자!"

찌는 듯 더운 여름날, 강 언덕에 나와서 더위를 식히는데 불현듯 말식이가 말했다. 수박 서리? 의외였다. 키 크고 싱겁기는 하지만 올곧기로 둘째가라면 서러운 뼈대 있는 집안 자손이, 대뜸 남의 밭에 수박 훔치러 가자는 것이다. 무더운 날씨에 답답했던 청춘들은 뭔가 짜릿한 것이 필요했다. 자리를 털고 일어서며 내가 대답했다.

"좋다. 가자!"

동네를 빠져나와 개구리 소리가 시끄러운 들판을 걸었다. 밤하늘 구름 뒤에 숨은 초승달만 날카한 눈으로 지켜보았다. 말식이는 서리할 수박밭을 미리 봐 둔 것처럼 씩씩하게 앞장을 섰다. 정말로 그랬다. 그 수박밭에는 손만 살짝 대도 쫙 벌어질 것 같은 커다란 수박들이 덩굴째 뒹굴고 있었다.

나는 긴장했다. 짙은 어둠 속에서 주인이 나와 뒷덜미를 낚아챌 것 같았다. 손에 잡히는 대로 아무거나 한 덩이 따서 그곳을 빨리 벗어나고 싶었다. 하지만 내 친구 말식이는 허리를 꼿꼿하게 세우고 거침없이 수박밭을 누볐다. 심지어 장사꾼처럼 잘 익었는지 어떤지 통통

두드려 보기까지 했다. 말식이는 내게 커다란 수박 한 통을 넘겨주었다. 제법 묵직했다.

"됐다. 그만 가자."

나는 오금이 저려 수박 밭고랑으로 먼저 나왔다. 하지만 간 큰 대도는 들은 척 만 척 잘 익은 수박을 선별하며 다니더니, 급기야 양팔에 수박 하나씩을 끼고 보란 듯이 내 쪽으로 나왔다. 확실히 양반집 혈통은 뭐가 달라도 달랐다.

나쁘지는 않았다. 커다란 수박을 품에 안고 안전지대로 복귀하는 순간, 온몸을 휘감는 짜릿한 성취감! 그 기분은 어스름한 달밤에 서리해본 사람만이 안다. 하지만 수박을 농구공 삼아 슛 연습할 것도 아닌데 왜 세 통씩이나 필요한가 싶었다.

"아무래도 세 통은 너무 많다. 두 통은 도로 갖다 놓자."

그 말이 떨어지기가 무섭게 친구가 대답했다.

"그럼 재먼당 가시나한테 한 통 갖다 줄까?"

재먼당 가시나? 나는 비로소 녀석의 수작을 알아차렸다. 동네 초입, 완행버스가 서는 언덕길 꼭대기에 작은 가게가 있었다. 어느 날 그곳에서 오랫동안 장사하던 사람이 이사 가고, 부산에서 이사 온 새 주인이 장사를 시작했다. '재먼당 가시나'는 그 집 딸이었다. 말식이는 도시에서 온 그녀에게 홀딱 빠져버렸다. 한껏 세련되어 보이는 미지의 소녀가 시골 소년의 마음을 마구 흔들어 놓은 것이다.

말식이는 애초부터 그녀 몫을 계산에 넣고 수박 서리를 했다. 속이 빤히 들여다보이는 수작이었지만 어쩔 수 없었다. 모르긴 몰라도 그쯤 되면 벌써 '소녀에게…'로 시작하는 연서를 몇 번 보냈을 터이다. 나는 불알친구의 애틋한 순정을 차마 뿌리치지 못해, 양팔에 수박을 농구공처럼 끼고 의기양양 걷는 친구 뒤를 털레털레 따라갔다.

재먼당 가게는 벌써 문을 닫고, 안채로 들어가는 입구에 백열등만 환히 켜져 있었다. 나는 대문 밖에 서서 짝사랑에 빠진 소년을 지켜보았다. 친구는 깨금발로 살금살금 작은 방 쪽으로 가더니 끈이 달린 여닫이문을 톡톡 쳐서 신호를 보냈고 이내 방문이 빼꼼 열렸다. 그리고 둘 사이에 무슨 말이 잠깐 오가는가 싶더니 커다란 수박 두 통이 차례로 그녀의 방으로 굴러 들어갔다. 한 통이 아니라 두 통!

전리품을 상납하고 돌아오는 순정파 얼굴에 행복한 미소가 넘쳐 흘렀다. 참으로 눈꼴사나웠다. 이번에는 내가 앞장서서 언덕을 향해 걸었다. 우리는 강이 내려다보이는 풀밭에 앉아서 남은 수박 한 통을 먹었다. 친구는 안 먹어도 배부른 듯 입만 대고 말았지만, 나는 마지막 한 조각까지 우걱우걱 먹어 치웠다. 그리고 어둑한 강물을 향해 휙휙 수박껍질을 던졌다. 제기랄! 초승달은 또 왜 그렇게 뾰족한지!

그 일이 있고 얼마 지나지 않아 우리는 다시 강가에 나와 앉았다. 친구는 꽁지 떨어진 매처럼 풀이 픽 죽어 있었다. 소년의 애간장을

태우던 재먼당 소녀가 어느 날 소리 없이 부산으로 떠나 버렸기 때문
이다. 나는 아직 실연의 아픔을 모르는지라 달리 위로해 줄 말이 없
었다. 이번에는 기분 전환을 위해 내가 먼저 제안했다.

"수박 서리 갈래?"

친구가 뭔가 그윽한 눈으로 나를 바라보더니 힘없이 고개를 가로저
었다.

"왜? 세상만사가 귀찮나?"

"아니, 사실 그 수박밭 우리 큰형님 거다."

세월이 한참 흘렀다. 까까머리 말식이는 지점장이 되어 활약 중이
다. 작년에 말식이가 신문에 났다는 소식을 전해 들었다. 오랫동안 남
모르는 선행을 베풀어, '날개 없는 천사 아저씨'라고 불린다는 기사
였다.

어느 날 둘이 있는 자리에서 내가 물었다.

"나누는 마음은 대체 어떤 거냐?"

"어릴 적에 엄마 심부름으로 옆집에 음식 갖다 주는 기분! 너도 알
지?"

맞다. 친구 모친이 그러셨다. 물심양면으로 베풀기를 좋아하셨다.
제사를 지낸 다음 날, 이웃과 나눌 떡과 전과 과일을 담은 소쿠리를
들고 겅중겅중 골목을 달리는 말식이 모습이 떠올랐다. 예전에 재먼
당 소녀한테 수박 두 통을 준 일 또한 그렇다. 설익은 짝사랑이 아니라
통 큰 나눔이었다. 어떤 천사는 양팔에 수박을 안고 달리기도 한다.

꼬따꾸를 찾아서

-'헐!'이라고 하겠지

'헐!'이라는 말이 좋다. 내 탓도 네 탓도 아닌 듯한 애매한 상황에 요긴하게 쓸 만하다. 어처구니가 없어 뭐라고 딱 꼬집어 답 대응할 수 없을 때, 논리적 주장이 거추장스러울 때도 '헐!'이라는 한 마디가 딱이다. 짧은 감탄사 '헐!' 속에는 관용의 미덕이 숨어있다. 꽉 조인 여러 개 단추 중에서 한 개쯤 풀어도 되는 너그러움이 묻어 있다.

'샤방샤방'이라는 말도 좋다. 그 말을 들으면 고운 햇살이 작은 원을 그리며 반짝거린다. 오래 쳐다봐도 눈이 부시지 않는 해맑음. 겸연쩍지 않게 관심을 전하기 딱 좋다. 샤방샤방이 숨결로 퍼져 나와 상대방에게 닿는 순간 마법처럼 빛을 낸다.

처음 말을 배우기 시작하는 아기의 말은 샤방샤방하다. 아내가 한 살과 두 살 연년생 아기를 키울 때였다. 기저귀가 하루에 한 다라이가 나오던 때였지만, 샤방샤방 빛나는 아기 모습에 독박 육아를 감당

할 수 있었다. 어느 날 두 살짜리 아기가 가사 일에 지쳐 토끼잠을 자는 아내의 얇은 눈꺼풀을 위로 당기며 말했다.

"눈 켜! 눈 켜!"

아내가 눈을 비비며 일어나자, 고사리손이 책상 쪽을 가리켰다.

"도니아니! 도니아니!"

도니아니? 생전 처음 듣는 말이었다. 아기는 애타는 목소리로 '도니아니'를 외쳤다. 아내는 딸이 나름대로 생각하는 '도니아니'라는 물건을 찾아 동화책과 화장지 등 여러 가지 물건을 차례로 들어 보였다. 하지만 아기는 도리질을 쳤다. 그러다가 책상 서랍까지 열고 이것저것 잡히는 대로 들어 보이다 우연히 색연필을 보여주자, 아기가 활짝 웃으며 손뼉을 쳤다. '도니아니'는 색연필이었다.

아내가 해석한 어원은 이렇다. 그즈음 아내는 딸한테 그림 그리기를 가르치기 시작했다. 고사리손으로 색연필을 잡게 하고 그 손을 함께 쥐고 동그라미를 그리면서, '동그라미 동그라미'라고 말해 주었다. 그런데 아기는 도화지 위 동그라미보다, 쓱쓱 색칠하면 그림이 나오는 색연필에 집중한 것이다. 엄마가 속삭여 주던 '동그라미'가 제 귀에 '도니아니'로 들려, 형형색색 그림이 그려지는 색연필을 '도니아니'라고 한 것이다. 아기는 엄마의 학습 의도와 상관없이 나름대로 관점으로 언어 학습을 하였다.

예사롭지 않은 신생어는 또 있다. 어느 날 딸이 '꼬따꾸, 꼬따꾸!'

하면서 칭얼댔다. 아내는 새로 등장한 이상한 말의 어원을 찾으려고 했지만, 말의 정체를 알 수가 없었다. 동그라미와 '도니아니'처럼 엇비슷한 말이 아니라 도저히 감을 잡지 못했다. 이번에는 아기 스스로 엄마에게 해답을 주었다. 아기는 전축 앞으로 아장아장 걸어가더니 마이크를 꺼내 흔들었다. 아하! 마이크가 바로 '꼬따꾸'였다. 전날 아내와 딸이 마이크를 들고 동요를 불렀다.

꽃밭에는 꽃들이 모여 살고요.
우리들은 유치원에 모여 살아요.
우리 유치원 우리 유치원
착하고 귀여운 아이들의 꽃동산~

노래 첫 소절 '꽃밭에'가 '꼬따꾸'라는 어휘로 딸에게 전달되고, 그 것을 마이크를 지칭하는 용어로 인식한 것이다. 아기는 이번에도 노래보다 마이크라는 도구에 집중했다. 엄마의 자상한 음악교육은 의도와 상관없이 세상에 하나밖에 없는 신조어를 탄생시켰다.

'뿌뽕이'도 있다. 우유병을 뜻하는 말이다. 아쉽게도 '뿌뽕이'가 왜 우유병인지 그 이유는 밝혀내지 못했지만, 입안에 달라붙는 어감이 좋아, 나는 한동안 딸의 별명을 뿌뽕이로 불렀다. 그리고 '함박수미 (많이)', '하겸(아이스크림)', '고이돌(마요네즈)'이라는 희한한 용어가 있었다. 영원히 풀지 못한 신비한 말들은 오롯이 딸의 것이고, 그 샤방샤방한 말들이 빚어낸 추억은 내 차지였다.

  세상에 나와 사라진 '꼬따꾸'를 나도 한번 써보고 싶다. 노래방에
가면 항상 마이크를 독차지하는 친구에게 '어이 친구, 이제 그만하시
고 꼬따구 넘기시지'라고 해볼까. 친구는 멀뚱해져서 대체 어느 나라
말이냐고 묻겠지. 나는 시치미를 뚝 떼고 지구에서 아주 멀리 떨어진
마케마케라는 행성에서 쓰는 언어라고 말해 줘야지. 친구는 눈을 껌
벅거리며 이게 무슨 개 풀 뜯어 먹는 소리인가 싶어 한마디 하겠지.
  "헐!"

서면시장 칼국수

-위로하지 않아도 되는 젊은 날

　서면시장 뒷골목에 가면 30년 전 내가 있다. 행인이 뜸한 이른 아침. 서면 사거리에 통근버스가 정차하고, 금속 공장 2교대 야간 근무를 마친 젊은 내가 하품을 하면서 내린다. 나는 낡은 건물 4층에 있는 독서실로 바삐 걷는다. 그곳에서 월 이용료를 끊고 씻고 자고 공부한다. 내 나이 스물둘, 무언가 잡고 일어설 수 있는 *끄나풀*은 공부뿐이었다.

　점심때가 되면 독서실 계단을 내려와 서면시장으로 갔다. 시장 뒷골목 칼국수 집에는 단골손님이 많다. 내 단골집 주인아줌마는 면을 더 가늘게 썰고, 멸치를 우려낸 맛깔난 국물을 장국으로 부어 주었다. 누군가에게 특별한 대접을 받는 일은 언제나 설렌다. 나는 배신하지 않는 단골 총각. 줄줄이 늘어선 칼국수 집 중에서 여섯 달 동안 매일 그 집에만 갔다. 시장 칼국수 덕분에 고단한 젊음이 서글프지 않았다.

10년 후 나는 오랫동안 바라던 직장을 얻었다. 가끔 그 지방에 가면 골목 시장에서 혼자 칼국수를 먹는 청년 생각이 났다. 결혼을 앞둔 어느 날, 인파가 붐비는 시장의 좁은 골목을 지나 그 단골집을 찾아갔다. 낯선 사람들이 어깨가 닿을 듯 긴 나무 의자에 앉아서 한 끼를 해결하는 모습이 여전했다. 부끄럼 많은 새댁 같던 주인아주머니는 손 빠른 중년 아줌마가 되어 그 자리에서 장사를 하고 있었다. 아줌마는 주문한 음식을 만들면서도 지나가는 사람들을 호객할 정도로 능숙했다.

　내 몫의 칼국수 한 그릇이 나왔다. 나는 그 시절로 돌아간 듯 감회에 젖었다. 아줌마에게 '혹시 십 년 전, 한동안 점심때마다 칼국수를 먹으러 오던 총각을 기억하느냐?'라고 물어보았다. 아줌마가 날 보더니 '어렴풋이 본 듯하다'라고 대답했다. 하지만 잘 모르는 눈치였다. 하긴 매일 칼국수로 끼니를 때운 젊은이가 나뿐일까. 나는 웃으면서 그때 국수를 시킬 때만 부어 주는 멸치 장국을, 내가 시킨 칼국수에도 부어 주셔서 참 맛있게 잘 먹었다고 말했다.

　세월이 많이 흘러 나는 오십견이 오고 돋보기를 쓴 중늙은이가 되었다. 어느 날 다시 서면시장에 갔다. 시장은 흐린 추억처럼 어수선했고 행인도 뜸했다. 칼국수 가게도 장사가 잘 안되는지, 전에 없던 주류와 안주도 내놓고 팔았다. 누님 같던 주인아줌마는 허리가 굽은 노인이 되어 몰라볼 정도였다. 나는 예전처럼 아는 척을 하지 않았다.

아줌마도 나를 알아보지 못했다.

　아줌마는 여전히 반죽을 밀고 썰고 뜨거운 물에 삶아 채로 건져 냈지만 동작이 느렸다. 깍두기를 곁들여 칼국수가 나왔다. 스물두 살 청춘이 어딘가에 홀로 앉아 있는 듯 같아 고개를 두리번거렸다. 그리고 마지막 남은 칼국수 국물을 단숨에 후루룩 마셔 넘겼다. 이제 다시는 연민으로 젊은 세월 언저리를 서성거리지 않으리라. 그렇게 다짐하며 시장 골목을 걸어 나왔다.

　스물두 살 청년과 오십 여섯 중늙은이가 좁은 시장통 골목을 함께 나왔다. 길가 가로수에서 가지를 잡고 앙버티던 나뭇잎 하나가 바람을 타고 살랑살랑 떨어져 내렸다. 나는 야윈 총각의 어깨를 한 손으로 감싸고 씩씩하게 걸었다. 큰길이 보였다.

극락조 열여덟 마리를 팔았다

-숲 속 원주민 그리고 소금과 설탕

목요일은 고단한 날이다. 저녁상을 물리자 피로가 함께 밀려왔다. 목뒤로 팔베개를 하고 누웠는데, 옆에서 신문을 뒤적거리던 아들이 텔레비전 방송 편성표가 있는 면을 접어 내 코앞에 쑥 들이밀었다.

"아빠, 우리 오늘 밤에 이 프로 같이 봐요. 재미있겠어요."

누운 채 눈동자만 굴려 읽어보니 야생동물 보호 다큐멘터리였다. 프로그램을 소개하는 사진이 마음에 들지 않아서 대답하지 않았다. 옆에 있던 아내가 오랜만에 식구끼리 한번 보자고 아들 말을 거들었다.

비스듬히 몸을 일으켜 신문 속 사진을 자세히 보았다. 사냥꾼이 야생 원숭이를 결박하고 송곳니를 제거하고 있었다. 인간들의 무자비한 도륙이 단박에 내 머릿속에 떠올랐다. 모르긴 해도 동물판 '지옥의 묵시록'일 것이다. '피곤해. 잔인한 것을 보고 흥분하기도 싫어. 불쌍한 모습들도 귀찮아.' 나는 신문을 접어 방구석으로 툭 던졌다.

"싫다! 안 볼란다. 징그럽다!"

다시 벌렁 드러누웠다. 그러다가 초저녁잠이 들었다. 얼마나 잤을까. 창밖에서 들려오는 자동차 경적에 눈을 떴다. 시계는 밤 열한 시를 넘어가고 식구들은 모두 자고 있었다. 나는 식탁에 있는 귤 접시를 들고 와서 텔레비전 앞에 앉았다. 그리고 리모컨을 톡 눌렀다.

화면은 열대우림 속, 원주민이 숨을 죽이고 사냥총에 총알을 장전하고 있었다. 총구는 나무 끝 가장 높은 곳에만 앉는다는 극락조를 향하고 있었다. 초저녁에 시청하기를 거부한 프로그램을 우연히 혼자 보게 된 것이다. 다행히 잔인한 장면이 지나가고 프로그램은 마무리 중이었다. 그런데 해설자의 마지막 내레이션이 내 뒤통수를 사정없이 후려쳤다.

"원주민들은 그날 숲에서 잡은 극락조 열여덟 마리를 군인들에게 넘겼다. 군인들은 또 돈을 주지 않고 가버렸다. 다음 날 원주민들이 군인들을 찾아가 말했다. 당신들은 월급을 받지만, 우리는 극락조를 팔아서 한 끼를 때우는 소금과 설탕을 사야 합니다."

극락조 열여덟 마리가 제물이 된 것은 운명이다. 소금과 설탕을 얻기 위해 극락조를 잡아 파는 것은 어쩔 수 없다. 하지만 원주민은 끝내 소금과 설탕을 얻지 못했다. 검고 커다란 눈망울을 가진 원주민과 높은 나무에서 추락하는 무지갯빛 극락조 생각에 가슴이 아팠다. 텔레비전 화면에는 프로그램이 끝났음을 알리는 자막이 화면 아래로 눈물처럼 쏟아졌다. 목요일은 역시 고단한 날이다. 텔레비전을 껐다.

탑리역에서

-그 자리에 남아 조금 기다린다는 것

사람들은 탑리역에서 내려 설렘을 안고 집으로 갔다. 마지막으로 대합실에 남아있던 남자도 밤 열차를 타고 떠났다. 돌아오는 사람과 떠나가는 사람을 그리워하던 사람들은 탑리역에서 잠시 머물렀다. 이제 탑리역에는 더 이상 기차가 정차하지 않는다. 손님도 역무원이 없다. 녹슨 철길 사이를 지나가는 바람에게 탑리역 이야기를 듣는다.

이야기 하나

탑리역에 발신인이 '서울 장위동'이라고 쓴 편지 한 통이 배달되었다. 30년 전에 탑리역을 거쳐 갔던 대학생이 보낸 편지였다.

탑리역 역무원님들께

안녕하세요. 저는 지금부터 약 30년 전 대학생 시절에 탑리역 역무원 중 한 분에게 도움을 받은 사람입니다. 그 당시 차비가 없어 전전긍긍하던 제 모습을 멀리서 지켜보시고, "학생, 이리 와" 하시고, 차표 한 장과 추가로 필요한 차비를 주셔서 저는 무사히 집으로 갈 수 있었습니다.

그 후, 그 은혜를 갚으려는 마음은 있었으나, 마음뿐이고 실행에 옮기기가 쉽지 않았습니다. 하루 한 번씩 왕복하는 동해남부선 철도를 이용해야 하는 까닭에 탑리역에 내리면 이틀이 필요했기 때문입니다. 가난한 경제 사정에 객지에서 하룻밤 더 묵는다는 것은 비용만으로도 만만찮은 저였습니다.

저를 도와준 그분의 은혜에 조금이나마 감사하는 마음을 표현하고자 고민하다가 이제야 이런 방안을 마련했습니다. 탑리역에 근무하시는 분들이 가벼운 식사라도 한 끼 드시면 좋겠다는 의미에서 이렇게 작은 촌지를 보냅니다. 저를 도와준 그분은 아마 지금은 퇴직하시고 초야에 계시겠죠. 그분께 진심으로 감사하고 그분의 그런 마음이 이 사회에 널리 널리 퍼져서 모두가 도와주는 사회가 될 수 있는 분위기가 되면 더 좋겠습니다. 더운 여름날 복무에 건강 조심하시고 안녕히 계십시오.

이야기 둘

10년 전에 탑리역, 새내기 대학생인 딸이 친구와 생애 첫 기차여행을 하였다. 여행을 마치고 돌아온 딸은 탑리역에서 본 광경을 이야기해 주었다.

128

동해역에서 출발한 기차를 탔어요. 차창 너머로 생전 처음 보는 풍경들이 영화처럼 지나고 있었어요. 얼마나 달렸을까. 긴 철길이 들판과 마을 사이를 지나는 곳에 간이역이 있었어요. 기차가 도착하자 사람들은 분주한 걸음으로 플랫폼을 빠져나갔어요.

사람들 속에 한복 차림을 한 노부부도 지나가고 계셨어요. 하얀 모시옷에 중절모를 쓴 할아버지와 초록색 치마에 흰 모시 저고리를 곱게 차려입은 할머니. 두 분의 한복 차림이 맑게 빛나서 지나가는 사람들의 울긋불긋한 옷차림이 초라하게 보일 정도였어요.

내 어깨에 기대어 졸고 있는 친구를 흔들어 창밖을 가리켰어요. 우리는 차창에 얼굴을 바짝 대고 객차 앞을 지나가시는 두 분을 유심히 바라보았죠. 머리카락이 새하얀 백발인 할아버지는 양손에 알록달록 무늬가 있는 가방을 들고 씩씩하게 앞서 지나가시고, 몇 발자국 뒤에 할아버지와 똑같이 머리에 하얀 서리가 내린 할머니가 조심조심 따르고 있었어요.

성큼성큼 걷는 할아버지와 고분고분 뒤따르는 할머니 사이 거리가 점점 더 벌어졌어요. 그런데도 할아버지는 계속 앞만 보고 걷는 게 아니겠어요. 우리나라 오랜 전통의 남성상! 친구와 나는 마주 보고 쿡쿡 웃었죠.

그런데 그게 아니었어요. 할아버지는 플랫폼과 역사 사이에 있는 철길을 건너자마자, 양손에 든 짐을 내려놓고 바삐 할머니 쪽으로 되돌아오셨어요. 그리고 할머니에게 손을 내미셨어요. 할머니도 자연스럽게 당신의 손을 할아버지에게 맡기더군요. 두 분은 그렇게 손을 잡고 천천히 역사 쪽으로 걸어가셨어요.

우리가 탄 기차는 그 아름다운 순간의 주인공을 롱샷으로 따라가는 촬영 카메라처럼 고스란히 보여주었어요. 차창으로 바라본 할아버지 할머니가 너무너무 예뻤어요. 태어나서 한 번도 그런 생각 안 해봤는데, 나도 저렇게 늙으면 참 좋겠다는 생각이 들었어요. 진짜 예뻤어요! 우리는 두 분 뒷모습을 향해 손을 막 흔들었어요.

야바위와 도둑 기차

-누군들 가출을 꿈꾸지 않으랴.

    그해 가을 나는 가출했다. 공동 수도를 빙 둘러싸고 살던 자취생들은 내 이탈을 눈치채지 못했다. 그날 웬일인지 내가 시골 출신 공업고등학교 자취생이라는 사실에 울컥해져서, 고향에서 부쳐온 월세와 한 달 생활비를 들고나와 완행열차에 몸을 실었다. 덜컹거리는 열차 안에서 고향에 계신 부모님께 마음으로 절을 올렸다. '조금만 기다려 주십시오. 반드시 큰 놈이 되어 돌아오겠습니다.' 그렇게 말하고 보니 내가 가출이 아니라 출가하는 느낌이 들어 비장해졌다.

    낯선 도시 드넓은 역 광장에서 열여덟 살 청춘은 어디를 가야 할지 몰랐다. 잠시 인파 속을 서성대다가 무작정 시내버스 정류장 쪽으로 터벅터벅 걸어갔다. 그런데 역 광장 한편에 남자들 몇 명이 어깨를 맞대고 무슨 놀이에 열중하고 있는 모습이 보였다. 그들 틈새로 얼굴을 밀어 넣었다. 돈 놓고 돈 먹기 놀이, 야바위판이 벌어지고 있었다.

야바위꾼들은 사과 상자를 세로로 세워 놓은 듯한 작은 탁자 위에 보를 깔아놓고, 그 위에 하얀 종지 그릇 세 개를 엎어 정신없이 위치를 바꾸어가다가 멈추었다. 게임은 간단하다. 세 개의 종지 중 주사위가 들어 있는 곳에 돈 건 사람이 판돈을 쓸어가는 것이다. 가만 보니 주사위가 어떤 종지 그릇에 숨어 달그락거리는지 감이 잡혔다. 내가 봐도 알 수 있는데 사람들은 자꾸 엉뚱한 곳에 돈을 걸고 툴툴거렸다.

　어떤 사람은 돈을 거는 족족 따갔다. 그가 돈을 건 곳은 내심 나도 찍었던 곳이었다. 슬슬 자신감이 생겼다. 나는 어느새 주머니에 있는 지폐를 만지작거리고 있었다. 그리고 얼마 안 있어 빈털터리가 되었다. 아차! 싶어서 정신을 차리고 보니 월세와 생활비는 물론 손목에 차고 있던 내 시계마저 넘어간 후였다. 하늘이 노랗게 보였다. 나는 울먹이며 말했다.
　"아저씨, 개평 좀 주세요."
　내 슬픔과 아랑곳없이 어른들은 서로 눈빛을 보내며 피식 웃었다. 날치기와 바람잡이와 야바위 사기꾼들은 모두 한패로 위장한 것이다. 그들은 점점 흥분하는 내 심리를 꿰뚫고 슬금슬금 판을 정리하였다. 나는 그중에서 그나마 순해 보이는 아저씨 바짓가랑이를 잡고 늘어졌다.
　"아저씨요. 저 집에 갈 차비도 없어요!"

옆에 있던 누군가 나를 말리는 척 떼어 놓더니, 그들은 순식간에 좌판을 말아 들고 달아났다. 그들은 뒤를 따르는 내게 주먹을 휘두르며 따라오지 말라고 협박했다. 나는 도시에 도착한 지 불과 한 시간 만에 무일푼이 되어 역 근처를 배회했다. 배는 고프고 날은 저물고 갈 곳마저 없었다. 이 일을 어쩌면 좋단 말인가.

시내버스 정류장에서 넋을 놓고 서 있었다. 그때 길가 레코드 상점에서 귀에 익은 노래가 흘러나왔다. 필리핀 가수가 불렀던 '아낙'이라는 히트곡을, 우리나라 시각장애인 가수 이용복 씨가 부른 '아들'이라는 노래였다.

♪ 사랑스런 나의 아들아 네가 태어나던 그날 밤

우린 너무 기뻐서 어쩔 줄 몰랐지

사랑스런 나의 아들아 천사 같은 너의 모습을

우린 언제나 보고 있었지

밤새 엄마는 너에게 우유를 따뜻이 데워 주셨지

낮엔 언제나 아빠가 네 곁을 감싸며 지켜 주었지

사랑하는 나의 아들아 너도 이제 후회하겠지

엄마는 언제나 울고만 계신다

너도 이제는 후회의 눈물이 두 눈에 고여 있겠지

너도 이제는 후회의 눈물이 두 눈에 고여 있겠지 ♪

고향에 계신 부모님이 애타게 돌아오라 말하는 것 같았다. 나는 길가 가로수를 잡고 꺼이꺼이 울었다. 그리고 어두워질 때를 기다렸다가 역 개찰원의 눈을 피해 경전선 도둑 기차를 탔다.

　모든 잠든 깊은 밤, 나는 쥐도 새도 모르게 자취방으로 돌아왔다. 비장했던 출가는 허무하게 끝나 버렸지만, 귀가는 비교적 단호하고 신속했다. 야바위와 히트송 그리고 도둑 기차 덕분이었다.

초핀을 아세요?

-나도 좀 고상하게 살고 싶었다

학기 초, 우리 교실에 오디오 세트가 들어왔다. 서울에서 중고 오디오 점포를 내고 혼자서 사장과 영업과 배달까지 다 하는 친구가 시골 아이들을 위해 기증한 것이다. 자신의 표현대로 '오디오쟁이'인 그 친구는, 우리 반 수업이 다 끝나기를 기다렸다가 비석만 한 스피커 두 개와 검은색 앰프와 시디플레이어를 설치해 주었다. 땀을 뻘뻘 흘리며 작업을 마친 친구는 뒤돌 안 돌아보고 바삐 서울로 돌아갔다.

퇴근 시간이 지나서 학교가 텅 비자, 나는 창문을 닫고 천천히 오디오 볼륨을 올려 보았다. 카세트로 듣는 것과는 확연히 달랐다. 교실 바닥에 묵직하게 깔리는 저음, 사방 벽으로 부딪쳐 흐르는 중음, 그리고 날아가듯 경쾌한 고음이 무딘 내 가슴을 그야말로 입체적으로 주물렀다.

며칠 뒤 그 친구로부터 택배가 왔다. 아무래도 아이들이 들을 만한 음악 시디가 부족한 것 같다며 초등학생 감상용 클래식 등을 시디꽂이와 함께 부친 것이다. 그런데 그 수많은 시디 음반 중에서 딱 한 장이 눈에 확 들어왔다. 나는 아무에게도 말하지 않았던 쑥스러운 과거사를 떠올렸다.

갓 고등학교를 졸업한 어느 날이었다. 우연히 라디오에서 흘러나오는 클래식을 들었다. 세상에 그렇게 매혹적인 선율이 있었다니! 나는 깜짝 놀랐다. 만약 천상에서 들려오는 소리가 있다면 분명 그러하리라. 스무 살 청년 가슴 깊은 곳에서 주체할 수 없는 감동이 온몸을 짜르르 휘감았다. 라디오 진행자는 쇼팽이 작곡한 피아노 연주곡이라고 했다.

다음 날, 공장 일을 마치고 퇴근하는 길에 쇼팽 음반을 사러 레코드점으로 갔다. 중학교 음악 시간 이후 실로 오랜만에 클래식 대가들을 만났다. 굳게 입술을 닫은 베토벤과 영민함이 넘쳐 장난기가 느껴지는 모차르트, 읍내 미용실에서 방금 파마를 마치고 나온 쇼팽까지 모두 커다란 기억의 액자 속에서 근엄한 표정으로 나를 맞이하였다.

하지만 레코드점에 진열되어있는 클래식 음반 표지는 작곡가와 아무 관련이 없는 악기 그림이나 풍경 사진 또는 심심한 정물화로 된 것들이 많았다. 음반 제목도 한글이 아니라 거의 꼬부랑 글씨였다. 혹시나 해서 살펴본 음반 뒷면은 더 어지러웠다. 따라 읽을 수조차 없는 복잡한 영문자만 가득했다.

나는 잔머리를 굴렸다. 베토벤 이름의 영문 첫 자는 'B'자로 시작될 것이다. 그러고 보니 매장 위에 베토벤 음반이 금방 눈에 띄었다. 더듬더듬 읽어보니 베토벤(Beethoven)! 그러면 모차르트는 당연히 'M'이 아니겠는가. 옳거니! 모차르트(Mozart) 음반이 내 눈에 쏙 들어왔다. 그렇다면 쇼팽은 분명 'S'. 나는 희망에 부풀었다.

그런데 쇼팽은 없었다. 세상에 이럴 수가 있나? 쇼팽이 없다니. 한 번 더 눈을 부릅뜨고 영문자 'S'를 찾아보았지만, 코빼기도 보이지 않았다. 낯선 'S'들만이 어지러이 눈에 띌 뿐이었다. 'Stravinsky, Salier, Schumann….' 생면부지의 이름들이었다. 그런데 이거 또 뭐람. Suppe 수페?

듣지도 보지도 못한 서양 음악 대가들 속에서 나는 점점 풀이 죽었다. '쇼팽(Chopin)'이라는 작곡가가 특히 그랬다. 이 양반은 베토벤과 모차르트와 같은 반열임을 증명하듯 진열대 가득 쇼팽 음반이 쌓여 있었다. 하지만 아무리 학창 시절을 떠올려봐도 쇼팽은 내게 금시초문이었다.

나는 쇼팽과 발음이 비슷한 '수페'를 들고 한참 망설였다. 레코드점 주인장에게 물어볼까 하고 망설였다. 그러나 만약 그것이 쇼팽이 아니라면 나는 '남진' 카세트테이프를 들고 '이거 나훈아 맞죠?' 하는 꼴일 터라 질문을 포기하였다.

더 이상 진열대에서 쭈뼛거릴 수가 없었다. 쇼팽이 아마 우리나라에서 판매 금지를 당했거나, 한국 대중에게 인기 없는 서양 작곡가일 것 같았다. 분명 그 둘 중 하나일 것이라는 나름대로 결론을 내리고, 남진 최신 히트가요 하나 달랑 사서 들고 집으로 돌아왔다.

그 일이 있고 얼마 안 있어서, 나는 찜찜했던 나의 무지몽매함에 혀를 내둘렀다. 바로 그 문제의 '초핀'이 내가 애타게 찾던 '쇼팽'임을 알게 된 것이다. 어처구니가 없었다. 쇼팽을 영문자 'Chopin'이라고 표기할 줄 꿈에도 몰랐다. 아니 어떻게 'Chopin'을 쇼팽이라고 읽을 수 있단 말인가? 길을 막고 지나가는 사람들에게 하소연하고 싶었다.

참 곤혹스러웠다. 이를테면 차창 밖으로 스쳐 지나는 미모의 여인에게 말이라도 걸어 볼 요령으로 허겁지겁 차에서 내렸지만, 이름 모를 여인은 이미 인파 속으로 홀연 사라져 버린 그런 기분이었다. 나는 그 후 오랫동안 클래식에 관해서는 입을 봉하고 살았다. 시쳇말로 생뚱맞다 하기엔 나름대로 고상했고, 촌스럽다고 하기에는 나름 진지했던 풋총각 시절이었다.

겨울 자취방 그리고 소고기 라면

-라면 세 개에 입 넷, 그리고 계란 맛

공업고등학교 2학년 때였다. 겨울 방학이었지만 우리는 등교했다. 얼른 국가기술자격증을 따야 3학년 때, 공장 실습을 빨리 나갈 수 있기 때문이다. 어둡고 시끄러운 실습장에서 오전 내내 차가운 기계와 씨름하다가 보면 금방 점심시간이 되었다.

난로 주위로 모인 친구들은 차가운 도시락 뚜껑을 열고, 뜨거운 주전자 물을 부어 말아먹었다. 자취생인 나는 학교 가까이 있는 자취방으로 달려가 후다닥 점심을 챙겨 먹고 돌아왔다. 게 눈 감추듯 도시락을 까먹고 나면, 여드름 난 청춘들은 학교 담벼락 양지바른 곳에 등을 기대고 나란히 서서 키득거렸다.

어느 날 점심시간이었다. 친구 세 명이 자취방에 가는 내 뒤를 따라붙었다. 친구들은 길가에 있는 구멍가게에서 라면을 사 왔다.

"입이 네 갠데 어째 라면이 세 개냐?"

내가 물었다. 그중 한 명이 제 이마에 손을 얹으며 말했다.

"아, 내가 감기 때문에 입맛이 없어…. 라면 국물만 한 모금 할게. 소고기 국물이 감기에 좋다고 하더라."

소고기 라면이니까 빠른 회복을 위해서 빌붙겠다는 말이다. 아프다는데 어쩔 수 있나. 우리는 혹 꾀병일지라도 아픈 친구를 위해 국물 한 그릇 정도는 양보할 수 있었다. 대신 국물만 취하고 면은 절대 손을 안 대겠다고 약속했다.

석유 곤로에 심지를 올려 불을 붙이고 큰 냄비에 물 두 바가지를 부었다. 나는 자취생표 라면을 능숙하게 조리했다. 물이 끓자, 면의 길이가 10센티를 넘지 않도록 사정없이 뽀개 넣었다. 그렇게 하지 않으면 단 한 젓가락에 라면 반 개가 순식간에 사라질 수 있다. 맛보다는 양이었다. 부족한 양은 양파를 가득 썰어 넣어 채웠다. 라면과 스프를 넣고 기다리기를 5분! 면이 적당히 불어서 통통해지자, 라면이 큰 냄비에 가득 찼다.

살짝 맛보니 라면과 양파가 잘 익었다. 부엌을 내다보고 있는 친구들 혓바닥이 목탁을 쳤다. 나는 마지막으로 간장 두 숟갈로 간을 맞추었다. 하지만 마지막 과정은 언제나 아쉬웠다. '달걀 두 개만 풀어 넣으면 딱인데…'

마침내 라면 냄비가 통째로 밥상에 올렸다. 거룩한 향기와 맛깔스러운 기름이 동동 뜬 국물은 보기만 해도 행복했다. 우리는 젓가락을 드는 순간부터 무언의 약속을 한다. 젓가락 속도를 같이 하기. 라면 가닥을 최대한 동일한 양으로 집어 올리기. 친구 넷은 그렇게 서로 감시하며 점심식사를 시작했다. 큰 냄비 속에 있는 라면이 빠르게 줄어들었다. 감기가 있어 입맛이 없다는 녀석도 어느새 열심히 면을 건져 올리고 있었다. 녀석은 아무도 묻지 않는데 중얼거렸다.

"아플수록 더 잘 먹으라 하더라."

우리는 눈을 흘겼지만 각자 제 몫을 챙겨 먹기에 바빠 녀석을 내치지 않았다. 밉상에 또 밉상이라더니, 감기 때문에 코를 훌쩍이며 먹는 소리가 여간 거슬리는 게 아니었다. 왠지 불안했다. 아니나 다를까. 한참 맛있게 자시는데 녀석의 인중에서 맑은 방울 하나가 똑 하고 냄비에 떨어졌다.

정말로 슬로비디오처럼 정교하게 그리고 돌비사운드처럼 분명하게, 그것이 천천히 낙하하여 똑 소리를 내며 라면 냄비 속으로 사라졌다. 우리 모두 두 눈 벌겋게 뜨고 그 광경을 바라보았다. 범인이 불쌍한 표정을 지어 보였다. 그 허망한 광경에 경악한 우리는 할 수 있는 욕설을 모두 끌어 부었다.

"에라이 씨#@$%$^&"

모두 젓가락을 던지고 밥상에서 물러났다. 팽팽한 긴장이 흘렀다. 라면 냄비에서 마지막 더운 김이 모락모락 올라오고 있었다. 그런데 코찔찔이 친구가 미안한 듯 우리를 쳐다보더니 젓가락을 들었다. 녀석은 아무 일 없는 듯 라면 냄비 속을 휘휘 저어대더니 먹기 시작했다. 이건 뭔 짓인가? 속죄인가? 집착인가? 어이가 없어 말을 잃은 우리한테 녀석이 말했다.

"괜찮다. 달걀 맛이다."

그렇게 특별한 점심을 먹은 날은 깡추위도 견딜만했다. 자취방을 나온 우리들은 호주머니 깊숙이 손을 넣은 채, 어깨와 어깨를 툭툭 치며 찬바람 부는 골목을 나와 학교로 갔다.

엄마 방
-아이처럼 낮잠을 잤다.

비 오는 날 엄마 방으로 갔다. 방바닥에서 따스한 기운이 올라와 낮잠 자기에 딱 좋았다. 당신은 윗목에 옷감을 펼쳐놓고 바느질을 하고 계셨다. 팔순을 바라보는 노인네가 저렇게 생산적인 소일을 하는데, 사대육신 멀쩡한 아들이라는 자가 팔자 좋게 늘어져 낮잠을 잘 수 없는 노릇이었다. 나도 방 한쪽 구석에 세워 둔 밥상과 책상 겸용 앉은뱅이 상을 폈다. 그리고 오랜만에 허리를 곧게 펴고 앉아 독서를 시작했다.

엄마는 치마 아랫단 깃을 손바느질하고 있다. 돋보기 너머 당신 눈에도 졸음이 달랑달랑 붙어 있는 것 같은데, 구부정한 자세가 흐트러지지 않았다. 내가 딸이었다면 바느질 반짇고리를 물리고 도란도란 정담을 나눌 터인데, 온돌방 모자지간의 풍경은 밋밋했다.

글 줄기가 자꾸만 끊어져 눈에 들어오지 않았다. 엉덩이를 데우는 따뜻한 온기와 창문을 두드리는 작은 빗소리 탓이다. 책 읽기를 시작한 지 겨우 십 분쯤 남짓한데 자울자울 잠이 왔다. 허리를 곧추세우고 눈을 부릅떴지만, 눈꺼풀이 천근만근이고 연신 하품이 나왔다. 에라! 모르겠다. 나는 마침내 뒤로 벌렁 드러누웠다.

당신은 바느질을 멈추고 일어나 이불장을 열어 이불을 꺼내 덮어 주었다. 나는 수업 시간에 졸다가 걸린 학생처럼 벌떡 몸을 일으켜 앉았다.

"한숨 자지 그러냐?"

"아닌데요. 몸이 뻣뻣해서 좀 펴고 있었는데요."

나는 속 보이는 초등학생처럼 변명했다.

"나도 쬐까이 남은 거 마무리허고 쉴란다."

힐끗 보니 엄마의 마무리는 한참 남았다. 붓 글 쓰는 아들과 떡 써는 어머니가 따로 없었다. 석봉의 마음을 이해할 수 있을 것 같았다. 나는 그나마 한석봉처럼 온돌방에서 쫓겨나지 않음을 다행으로 생각해야 할 판이었다. 어무니, 내가 졌소이다.

전날 낮에 텃밭 일굴 때도 그랬다. 나는 마치 땅과 전투를 치르듯 후다닥 삽질을 했다. 엄마는 굳은 땅을 어루만지듯 담숭담숭 괭이질을 하였다. 초장에 기세 좋게 삽질을 하던 나는 작업을 마칠 때쯤 체력이 급강하하여 헉헉거렸다. 엄마 앞에서 그것을 감추려고 참 힘들었다.

생각해 보니 내가 엄마를 따라갈 수 없는 일들이 참 많다. 쑥부쟁이 나물을 깔끔하게 캐는 일, 그 나물에 보리밥을 비벼 한 양푼씩 내놓는 일, 맛깔난 된장을 담아 친척과 나누어 먹는 일, 모시옷에 풀 먹이고 다려 눈부시게 걸어 놓는 일, 제철 생선을 사다가 나비처럼 회로 썰어 밥상에 올리는 일은 엄마가 아니면 누구도 해 줄 수 없는 일이다.

먼 친척들이 푸념을 조용히 오래도록 들어주는 일, 지친 사람이 오면 잘 대접하고 밤새 토닥토닥 위로해 주는 일, 밭일에 바느질에 부엌일에 잠시도 쉬지 않고 일하시는 힘이, 여윈 몸 어디서 나오는지 참으로 불가사의하다. 그런 생각을 하며 고물고물 잠이 들었다. 얼마나 잤을까. 당신은 어느 틈에 부엌에 가서 파전을 부쳐서 막걸리와 함께 차려 오셨다. 비 오는 그날, 나는 엄마 방에서 세상 모르는 아이처럼 단잠을 잤다.

3부

개밥 동냥
-어미 개 황순이를 위하여

순천 아랫장 어물전 속으로 꼬부랑 할머니가 들어가신다. 허리 굽은 내 엄마 뒷짐에 빨간 플라스틱 바케스가 좌우로 달랑거린다. 저 안에 엄마와 나의 먹거리를 담을 것이다. 몇 발짝 뒤에 내가 엄마를 따라서 간다. 나는 노란 알루미늄 바케스를 들었다. 이 안에 어미 개 황순이가 드실 특식을 담을 것이다.

우리 엄마는 어물전 자판에 놓인 등 푸른 고등어와 은빛 갈치와 금방이라도 다라이를 박차고 나올 듯한 잉어를 일별하고 생선가게 주인에게 묻는다.

"괴기 대가리 모아 둔 거 없소?"

"뭐 헐라고요?"

"개밥 헐라고 그러요."

주인은 노란 바케스에 모아놓은 생선 부산물을 담아주었다. 엄마는 사례로 말린 가오리 오천 원어치를 샀다. 갖가지 생선 대가리 맛이 어찌 개 사료에 비할까. 어미 개 황순이는 오늘 점심때 특식 한 끼 배불리 드실 수 있겠다. 내 몫 가오리는 엄마가 양념을 발라 맛나게 쪄주시리라. 나는 막걸리 한 통을 샀다.

  황순이는 집 앞을 지나던 개장수가 물 한 잔 얻어 마시고 주고 간 강아지다. 족보도 혈통도 없지만 아무거나 주는 대로 잘 먹는 순하디 순한 개이다. 무럭무럭 잘 자라서 어미가 된 황순이는 제 새끼를 낳아 기르는 정성이 특별했다. 황순이가 해산하는 이야기를 엄마에게 들었다.

  늦은 밤이나 새벽녘, 긴 산고 끝에 첫 강아지가 태어나면 황순이는 제 입으로 새끼의 탯줄을 물어 끊고 강아지 몸에 묻은 이물을 정성스레 핥아 닦아준다. 그것을 시작으로 또 산통이 오고 새 생명이 태어나면, 같은 방법으로 탯줄 끊고 핥아 닦아준다. 많게는 예닐곱 번 가까이 반복되는 산통을 모두 감내하고 마지막 힘까지 다 쏟아도, 지친 제 몸 돌보지 않고 새끼들을 품는 어미 개 황순이.

  엄마는 황순이가 해산할 때마다 그 옆을 지켰다. 긴 해산이 끝나면 헌 옷가지를 더 도톰히 깔아 어미와 새끼를 따습게 해 주고, 으깬 고구마에 데운 우유를 부어 황순이 입 가까이 가져다주었다. 엄마는 황순이가 알아듣는 것처럼 말했다.

"그래, 우리 황순이, 고생 많이 했다. 장허다, 장해."

황순이가 나이가 들면서 새끼를 낳는 일보다 기르는 일이 더 힘들어졌다. 새끼들에게 먹일 어미젖이 줄어들었기 때문이었다. 철없는 하룻강아지들은 줄기차게 제 어미 가슴을 파고들어 나오지 않는 마른 젖을 빨아댔다. 어미젖이 헐어 피부가 벗겨지는 지경이 되어도 황순이는 몸을 비켜 돌아누울 뿐 품을 파고드는 새끼들을 뿌리치지 않았다. 엄마는 어린 강아지를 떼어 놓고 황순이 상처에 연고를 발라주셨다.

"네가 말 못 하는 짐승이지만… 짐승이 아닌갑다."

엄마를 따라 개밥 동냥을 가면 마음이 따스하면서도 아리다. 황순이가 모처럼 배불리 먹을 수 있다고 생각하니 따스하고 엄마를 생각하면 마음이 아리다. 당신도 그러셨다. 아버지가 가시고 허위허위 다섯 자식을 품고 살아온 엄마의 모진 세월도 그러셨다. 아무 기댈 곳 없었던 혹독한 그 시절, 짐승처럼 말 못 하고 살던 한이, 호미처럼 굽은 당신 허리에 맺혀 있는 것 같아서 나는 서럽다.

못난이 퇴출계획, 결국 실패했습니다
-세상에서 제일 못생긴 강아지 사랑법

지난주에 시골 엄마 집에 갔다. 방학이라 우리 집에 놀러 온 조카 김채원을 데려다주는 길이었다. 이왕 간 김에 홀로 밭일하시는 어머니를 며칠 동안이라도 거들어 드릴 생각이었다. 뒤늦게 밭일을 배우신 어머니는 요즘 고추 따고 말리는 재미에 빠졌다.

대문에 들어서니 전에 못 보던 강아지 한 마리가 눈에 띄었다. 앞서가던 채원이가 손을 내밀어 '요요요' 하고 입소리를 내었다. 검은색 털을 가진 주먹만 한 그 개는 아무리 눈 비비고 봐도 예쁜 곳이 없었다. 얼핏 보면 검은색 마분지를 구겨 아무렇게나 던져놓은 것 같았다. 털은 제멋대로 자라서 부뚜막에서 금방 나온 것처럼 불결했고, 야윈 얼굴은 입만 뾰족 튀어나와 앙칼지게 보였다. 내 생전에 그렇게 못생긴 강아지는 처음이었다. 엄마에게 물었다.
"그 참 볼수록 되게 못생겼네. 웬 강아집니까?"
"뉘 집 개인지 어디서 왔는지 나도 모르겠다."

며칠 전 엄마가 대문 밖 길가에 고추를 널어놓고 들어오는데, 강아지 한 마리가 쪼르르 따라 들어왔다. 엄마는 이웃 동네에서 마실 나온 온 강아지이겠거니 하고 그냥 두었는데, 이놈이 점심때가 지나도 안 나가고 마루 밑에 배를 깔고 제집처럼 누워있더란다. 어머니는 밥 한 덩어리를 국에 말아 먹이고 주인 찾아가라고 밖으로 보냈다. 해 저물녘에 엄마가 마른 고추를 걷으러 나갔더니, 아까 그 강아지가 대문 앞에서 쪼그리고 앉아 있었다. 엄마는 못 본 척하고 고추를 포대에 담아 집안에 들이고 대문을 닫았다.

다음 날 아침에 일어나 보니 그놈 강아지가 어느 구멍으로 들어왔는지 마당 한쪽에 있는 감나무 밑에 천연덕스럽게 주무시고 있더란다. 어디서 어떻게 길을 잃었는지 모르는, 찾는 사람도 없고 찾아갈 곳도 없는 떠돌이 강아지인 것 같았다. 엄마는 '집안에 든 짐승을 쫓아낼 수는 없어서' 전에 쓰던 개 밥그릇 찾아 먹이를 주었다. 세상에서 제일 못생긴 강아지는 그렇게 눌러앉았다.

하루 종일 고추밭 일을 거들었더니 파김치가 되어 일찍 잠자리에 들었다. 그런데 못난이 강아지가 내가 있는 방을 향해 냅다 짖어댔다. 하루 종일 왔다 갔다 하며 안면을 틔웠으면 내가 이 집 식구임을 알아차릴 만도 한데, 짖기를 멈추지 않았다. 굴러온 돌이 박힌 돌을 뺀다더니 어처구니가 없었다. 그다음 날 밤도 그랬다. 반복적이고 자극적인 소리에 잠을 설칠 정도였다. 방문을 활짝 열고 달려나가 패대기를 치고 싶었다. 못난이는 전에 살던 집에서도 저렇게 멋모르고 짖다가 쫓겨났을 것이다.

조카 채원이는 못난이 이름을 '뽀삐'라고 지었다. '뽀삐'는 예전에 키우던 강아지 이름이다. 얼토당토않은 이름이지만, 채원이는 집에서 키우는 강아지 이름은 당연히 '뽀삐'라고 불러야 한다고 생각한 모양이다. 하지만 시골집에서 습관이 들지 않는 개를 키우는 일은 만만치 않을 것 같았다. 무엇보다 때맞춰 개밥을 주는 일이 큰일이다. 가끔 친구들과 먼 나들이 하실 일이 생겨도, 인정 많은 우리 모친은 개밥 때문에 마음 바쁘실 것 같았다. 더구나 한밤중에 시도 때도 없이 짖어댄다면 잠귀 밝으신 엄마는 가뜩이나 더운 여름밤을 설치실 것이 분명했다. 나는 밤새 어디서 굴러들어 왔는지 모르는 강아지를 되돌려 보낼 궁리를 하였다.

그런 생각을 하다가 잠든 다음 날 아침이었다. 밖에서 화가 잔뜩 난 어머니 목소리가 들렸다.
"야 이놈아. 어째서 거기 자빠져 있냐? 엉?"
벌떡 일어나 방문을 열어보았다. 못난이 개가 마당에 널어놓은 고추 위를 달려 도망가고 어머니가 그 뒤를 쫓고 있었다. 마당 한 바퀴를 돌고 오신 어머니는 한숨을 돌리고 말했다.
"글쎄, 저놈이 마당의 고추를 이불 삼아 깔고 앉았더라."
마당에 내려와 보니 고추를 깔고 앉은 것만 아니라 군데군데 개

똥도 있었다. 아닌 게 아니라 고추들은 쑥대밭이 되었다. 나는 잽싸게 달려가 강아지를 생포하고 풀어진 목줄을 채워 개집에 매어두었다. 이참에 못난이를 이웃 마을 개 키우는 사람에게 갖다 주고 싶었다. 아침부터 뜀박질하느라 지친 엄마가 한숨을 돌리고 개집으로 가셨다. 당신은 빗자루를 들고 못난이 앞에 쪼그리고 앉아서 땅을 탁탁 치며 야단을 쳤다.

"네가 한번 맞아 볼래. 왜 하필 고추에 앉아서 그러냐? 저 똥을 누가 치우고!"

못난이 강아지가 멍한 표정으로 엄마를 보았다. 무슨 말이지 알아들을 턱이 없는 강아지한테 엄마는 한참 동안 나무라셨다.

"한 번만 더 그러면 탕탕 때려 줄 거여."

마치 버릇없는 유치원생 다루듯 말로만 겁을 주던 엄마는 손을 털고 일어서서 널린 고추가 있는 곳으로 갔다. 지금 당장 내쫓는 것이 아니라 한 번 더 기회를 주겠다는 말씀이다. 그래도 말을 안 듣는다면 내쫓는 것이 아니라 회초리로 때려서라도 길을 들이겠다는 뜻이다. 그런 어머니의 모습이 하도 진지해서 나는 퇴출 제안을 뒤로 미루었다. 그런데 입속에서 맴돌던 '못난이 퇴출'을 포기한 것은 저녁때였다.

일을 다 마치고 씻고 있는데, 엄마가 싱싱한 전어를 썰고 계셨다. 나는 엄마가 장만하신 전어 회무침보다 더 맛있는 회를 먹어본 적이 없다. 전어 무침회 옆에는 당연히 시원한 막걸리가 있어야 하는 법.

동네 가게로 가려고 자전거를 꺼냈다. 채원이도 함께 가자고 불렀다. 아싸! 하고 자전거 쪽으로 달려오던 채원이가 개집 앞에 멈춰 서더니 말했다.

"뽀삐야, 언니 가게 갔다 올게."

채원이를 자전거 뒷자리에 보듬어 태우고 나도 안장에 올랐다. 그 순간 채원이가 뒤를 돌아보며, 한 번 더 큰 소리로 말했다.

"뽀삐야. 언니가 커서 자전거 사면 뒤에 태워 줄게!"

'못난이 퇴출'을 꿈꾸던 내 소망은 그때 꼴깍 소리를 내며 목구멍을 타고 넘어갔다. 불과 사흘 만에 우리 식구들은 못난이 강아지한테 미운 정 고운 정이 든 것이다. 들판 쪽에서 불어오는 맞바람이 시원했다. 나는 힘차게 자전거 페달을 밟았다.

못난이, 낯선 곳에서 하룻밤 묵다

-'퇴출 계획 결국 실패했습니다' 뒷이야기

인터넷 커뮤니티에 강아지 한 마리를 소개했다. 그러니까 엄청 못생긴 강아지 한 마리가 뜬금없이 시골 어머니 집에 쳐들어와서, 휴가를 지내던 나와 힘겨루기 한판을 하고 결국 눌러앉은 사연이었다.

글을 올린 다음 날 아래와 같은 쪽지 하나를 받았다.

혹시나 해서 다시 보내봅니다. ○○○이라고 합니다. 나이는 20살이구여. 작년 겨울에 저희 강아지를 잃어버렸는데요. 다음 사이트에 기사로 뜬 강아지를 봤는데 순간 깜짝 놀랐습니다. 그토록 찾던 저희 강아지와 너무나도 똑같이 생겼습니다. 암컷에 강아지가 많이 늙었고 제가 초등학교 4학년 때 성당에 수녀님께서 주신 강아지입니다. 저희 가족과 8년 정도를 함께 해왔죠.

그는 개를 확인해 보고 싶다는 말과 함께 전화번호를 남겼다. 하지만 내가 소개한 강아지는 도무지 그런 호강을 한 티가 나지 않는 평범한 개였다. 더구나 작고 못난 강아지가 8살이라니 아무래도 청년이 잘못 본 것이라고 생각했다. 나는 괜한 일로 마음 착한 어느 청년을 두 번 울리는 것이 아닌가 싶어 은근히 걱정되었다.

하지만 청년이 사는 곳과 우리 어머니가 계신 집이 불과 30km 정도이니 그럴 수도 있겠고, 못난이 강아지가 암컷이라는 것도 확실했다. 나는 두 번씩이나 쪽지를 보낸 청년의 정성을 모르는 척할 수 없어 전화했다.

약간 수줍은 듯한 목소리를 가진 청년이었다. 나는 '개를 찍을 때 카메라를 바짝 대고 찍어서 원래 생긴 것보다 훨씬 잘 나왔다'라고 하고 한 번 더 꼼꼼히 봐주기를 원했다. 하지만 그는 생김새뿐만 아니라 가슴에 노란 털이 있는 것 하고 서 있는 자세가 똑같다고 대답했다. 그리고 내가 수긍할 수밖에 없는 결정적인 한마디를 던졌다.

"다른 사람들이 보기에는 아주 못 생기게 보입니다."

더 이상 할 말이 없었다. 내 글의 원제목이 '세상에서 가장 못생긴 개'였으니까. 나는 내일이나 모레쯤 부모님과 함께 방문해도 되겠냐는 제안을 흔쾌히 수용했다.

다음 날 전화가 왔다. 근처에 왔는데 집을 못 찾아서 동네 입구에서 기다리고 있다고 했다. 밭일을 하던 중이라 작업복을 입은 채 마중 가던 내 가슴이 쿵쿵 뛰었다. 동네 초입 길 가장자리에 세워진 승용차에서 청년의 부모로 보이는 분과 친척분이 내렸다. 우리는 간단히 서로를 소개하고 악수를 했다. 청년은 직장 때문에 오지 못해 미안하다고 하였다. 세 분을 모시고 집을 향하던 나는 약간 긴장되었다.

그분들도 설렘을 감추지 못하고 잃어버린 강아지에 대한 이런저런 사연을 들려주었다. 과연 못난이 강아지가 이분들이 찾던 바로 그 개일까? 그렇다면 진짜 이름은 무엇일까. 나는 '못난이'라 불렀고 여섯 살 조카는 '뽀삐'라고 했는데 이분들은 무어라고 불렀을까?

마침내 대문이 열리고 못난이와의 상면이 시작되었다. 청년 아버지가 못난이를 보자마자 탄성을 질렀다.

"맞네, 맞아!"

아주머니도 바짝 다가서서 못난이 턱 앞에 손을 내밀었다.

"은총이다. 은총이야! 은총아!"

'은총'이라고 했다. 시커멓고 못생긴 강아지는 못난이도 뽀삐도 아닌 '은총'이었다. 나는 애증이 교차하는 속마음을 숨기며 바라보았다. 못난이는 그분들이 낯선 듯 구석에 몸을 감추며 경계했다. 자신들을 몰라보는 강아지 모습이 가슴 저미는 듯 부부는 바짝 다가서서 손을 내밀었다.

"은총아, 우리 모르겠어? 아이 어쩌나? 벌써 잊었나 보네."

"그래…, 벌써 몇 달인데…. 그럴 만도 하지 뭐."

안타까운 상봉이었다. 눈먼 심봉사가 심청을 알아보지 못하는 안타까움처럼 갑자기 내 콧잔등이 시큰해졌다. 그때 같이 오신 친척분이 '진돗개는 아무리 오래 지나도 쥔을 알아보는데…'라고 농을 치지 않았더라면 눈물을 찔끔할 뻔했다. '은총'이도 지난 기억이 되살아나는 듯 슬금슬금 옛 주인에게 몸을 맡겼다. 부부는 감격에 겨워 야윈 강아지 몸을 구석구석 어루만졌다.

하지만 의아한 부분이 없었던 것도 아니다. 가슴의 털 색이 약간 변했다는 점과 배에 있던 작은 혹이 있었는데 없어졌다는 점, 젖꼭지가 아주 작아졌다는 점이다. 하지만 그들은 아파트에서 호강하며 살던 애견이 지난겨울 집을 떠나 한겨울을 꼬박 헤매고 다녔을 터이니 그 모습이 온전할 리가 없다는 결론을 내리면서 은총이를 더욱 안타깝게 바라보았다. 우리는 졸지에 못난이와 작별해야 했다.
"채원아, 뽀삐가 아니고 은총이래. 잘 가라고 인사해야지."

말없이 지켜보던 조카는 뽀삐를 쓰다듬어 주었다. 하지만 못난이가 대문을 나서기도 전에 방으로 들어가서 울었다. 텅 빈 개집과 그 앞에 덩그러니 놓인 개 밥그릇을 보니 나도 울적해졌다. 때를 놓친 점심밥을 반도 못 먹고 숟가락을 놓았다. 나는 조카가 있는 방을 향해 크게 말했다.
"장에 가서 노랗고 귀여운 강아지 한 마리 사자!"
채원이도 엄마도 반응하지 않았다.
섭섭해도 어쩔 수 없는 일이다. 우리와 함께 있었던 짧은 시간은 8

년 동안 함께 살던 은총이의 보금자리와 비교할 수 없는 일이니까. 못난이가 되찾은 이름, 은총이를 떠올려 보았다. 참 좋은 이름인 것 같았다. 피붙이처럼 아껴주던 가족을 다시 찾을 수 있는 행운이 '은총'이 아니면 무엇이겠나.

다음 날 맥이 풀려 일이 손에 잡히지 않았다. 그 청년이 못난이 안부를 전하는 전화라도 한번 해 주면 좋겠다고 생각했다. 아무 조건 없이 보내주었으니 그럴만하지 않겠느냐 싶었는데. 정말 전화가 왔다. 나는 '어젯밤 은총이는 잘 자더냐? 먹는 것은 잘 먹더냐?' 등등 질문을 쏟아 놓았다. 그런데 청년의 대답은 그다지 명쾌하지 않았다.
"그런데 개가 우리 은총이가 아닌 것 같아서요."

깜짝 놀랐다. 부모님이 직접 와서 확인하고 품에 안고 갔는데 설마 그럴 리가 있을까. 내가 혹시 잘못 들었나 싶어 무슨 말인지 다시 물었다. 청년은 집에 데리고 온 못난이를 요모조모 살펴보니 아무래도 아닌 것 같아서 동물병원까지 가보았단다. 그런데 그 개는 8살 성견이 아니라 겨우 1년 남짓 된 강아지라는 것이었다.
"그래서 내일 아침에 부모님이 데려 주시겠답니다."
청년 목소리는 들릴 듯 말 듯 풀이 픽 죽어 있었다. 나는 얼떨떨하면서도 반갑고 미안하면서도 웃음이 나왔다. 잃어버린 '은총'이가 얼마나 보고 싶으면 그랬을까. 갑자기 위로하는 처지가 되다 보니 생각하지 않던 말이 내 입에서 툭 튀어나왔다.

"전에 키우던 개랑 꼭 닮았다고 하니 키우고 싶으면 키우세요. 개를 사랑하시니까… 아무래도 여기보다 환경이 좋지 않겠어요?"

"네 알겠습니다. 부모님과 상의해서 연락 드릴게요."

나는 전화를 끊자마자 후회했다. 따지고 보면 나는 못난이에 대한 손톱만큼의 권리도 없는데, 어머니와 조카 의견도 묻지 않고 내 멋대로 인심 쓰다니. 참으로 바보 같았다. 만약 '정말로 고맙다. 은총이를 생각해서 잘 키우겠다'라고 하면 어쩌지? 혹시 며칠 데리고 있다가 부담스러워서 딴 집에 입양시키지는 않을까? 짧은 시간에 온갖 방정맞은 생각이 들었다. 염치불구하고 청년에게 전화를 해서 부탁 아닌 부탁을 하였다.

"만약 댁에서 키우지 않으려면 이곳으로 보내주면 좋겠어요."

그날 늦은 오후 못난이가 돌아왔다. 아파트에서 하루를 묵은 못난이는 제법 산뜻해 보였다. 아주머니는 개를 내려놓으며 말하였다.

"어지간하면 우리가 키우고 싶은데…"

아파트에서 첫날밤을 보낸 못난이는 밤새 짖었다. 나를 처음 대면한 그날처럼 말이다. 나는 가족들의 고충을 백번 이해하노라 말하고 싶었지만 참았다. 아주머니는 시끄럽게 짖는 강아지 소리로 아파트 경비실에서 연락이 와 난처했다는 것과 보고 싶으면 지나가는 길에 들러보겠다는 말을 남기고 떠났다.

하룻밤 잠시 은총이가 되었던 못난이는 그렇게 우리 곁에 돌아왔다. 만감이 교차했다. 나는 못난이의 야윈 턱을 긁어 주었다.

"답답한 아파트보다 여기가 훨씬 좋지?"

조카도 거들었다.

"맞아. 아파트에서는 청소할 때마다 왔다 갔다 해야 하잖아. 그치?"

못난이도 꼬리를 흔들었다.

그렇다. 집에서 방 청소할 때 앉은 자리를 비키지 않고 끝까지 버틸 수 있는 사람 아무도 없다. 철없는 강아지가 빗자루를 피해 이리저리 다니는 일은 성가신 일이다. 마당에서 자라고 온 동네를 쏘다니는 못난이는 그럴 필요가 전혀 없다. 우리는 진심으로 못난이 귀환을 환영했다.

"잘·생·겼·다·못·난·이!"

"우·유·빛·깔·못·난·이!"

날마다 보너스

-네가 나를 몰라 주어서 더 감사한 날

왁자지껄! 초등학교 급식 시간이다. 아까 골마루에서 마주친 얼굴인데 새삼스럽게 뭐 그리 반가운지 얼싸안고 콩콩 뛰는 아이, 장애물 경기하듯 식탁과 식탁 사이를 신나게 질주하는 개구쟁이, 서로 마주 보고 금방이라도 한방 칠 듯 씩씩거리는 악동들, 참으로 각양각색이다.

하지만 담임에게는 녹록지 않은 시간이다. 일렬로 늘어선 아이들 사이를 오락가락하며 질서유지에 최선을 다해야 한다. 나는 매일 식전에 땅콩 배급을 한다. 여기서 친구 밀치는 녀석 땅콩 하나 꽁, 저기서 고함치는 땅콩 하나 꽁, 코앞에서 까불대는 녀석 옛다 너도 하나 꽁! 무작위로 불쑥대는 녀석들을 향해 땅콩 세례를 날리는 내 모습은 오락기 앞에서 두더지 잡는 중년 남자 모습이다.

점심시간만 되면 이상하게 기분이 좋아진다는 경철이는 바로 내 앞에 서 있다. 경철이는 제 차례가 되면 식판을 들어 반드시 뒤에 있는 나에게 건네준다. '수저는 부모님이 먼저 들고 난 뒤따라 들어야 한다'고 가르쳤더니 '식판은 선생님에게 먼저 드리고 난 뒤 내 것 챙기기'를 실천하는 것이다. 반짝반짝 빛나는 식판 한 장은 아홉 살 제자가 날마다 건네주는 보너스다.

얼마 전에 경철이와 나 사이에 일 학년 꼬마 하나가 샌드위치처럼 끼어 서 있었다. 그때 마침 식판을 챙겨 들고 나에게 보너스를 주려던 경철이는 뒤에 있는 사람이 내가 아닌 걸 알고 멈칫하였다. 잠시 망설이던 경철이는 들고 있던 식판을 동생에게 불쑥 내밀었다. 이제 친절함이 몸에 밴 것이다.

아이들 입에 밥 들어가는 소리는 마른논에 물 대는 소리처럼 흐뭇하다던가. 두관이는 편식이 심한 아이다. 매일 내 앞자리에 앉혀 놓고 골고루 먹기를 지도한다. 하지만 오늘도 숟가락질이 영 시원찮다. 맛있는 햄이나 고기반찬이 없으면 숟가락을 들고 세월아 네월아 코를 빼고 있다. 내가 다그치자 조그마한 입에서 한마디 한다.

"선생님 안 먹으면 안 돼요?"

"안 돼!"

하지만 여전히 깨작깨작 입을 오물거린다.

"김치는 코를 예쁘게 하고 햄은 눈을 크게 하고 시금치는 입을 예쁘게 한다. 그런데 네가 햄만 먹어봐라. 어떻게 되겠냐? 코만 커지겠지? 얼마나 보기 싫겠냐?"

날마다 그렇게 지도했는데 효과가 없다. 오늘은 보다못해 기어코 결정타를 날렸다.

"요놈아, 반찬을 골고루 먹어야 한다고 그랬지?"

아이가 고개를 끄덕였다.

"그래야 선생님처럼 얼짱 된다고 몇 번 말했냐."

그랬더니 요 녀석이 숟가락을 들다 말고 내 얼굴을 빤히 쳐다보았다. 그리고 따지듯 말했다.

"선생님은 성형 수술했잖아요!"

우와! 나는 하마터면 젓가락을 떨어뜨릴 뻔했다. 내 생전 처음 들어보는 최고의 찬사가 아닐 수 없다. 어릴 적 '우리 아들 뒤꼭지가 세상에서 최고 예쁘다'라고 하신 엄마 이후, 사십 년 만에 들어 보는 제대로 된 칭찬이었다. 아이들은 저희들도 모르는 무심결에 상대방을 기분 좋게 할 수 있는 능력이 있다. 어른들은 흉내도 못 낸다.

그날 나는 편식 지도를 하지 못했다. 기분이 너무 좋아 입이 벌어져 안 다물어지고 목구멍에 밥이 안 넘어가서 뭐라 말할 수 없었다. 엄마 뱃속에서부터 성형하고 온 주제에 더 이상 잘난 척, 지도 따위를 할 수 없었다.

납량특집 미궁

-오늘 밤 미궁에 드셔 보실까요?

비가 오면 아이들은 무서운 이야기에 목이 마르다. 아침부터 비가 내렸다. 현수가 틈을 놓치지 않고 무서운 이야기를 해달라고 한다. 이번에는 아예 맡겨놓은 물건 달라고 하듯 '귀신 노래'를 들려 달라고 주문했다. 요즘 인터넷에서 귀신 노래 때문에 난리가 났다고 설레발을 쳤다. 흥! 어림 반푼 어치도 없는 소리. 어디 말도 안 되는 수작으로 첫 시간부터 농땡이를 피우려고? 나는 코웃음 쳤다.

"자, 책 펴라. 공부하자."

오후가 되자 비가 더 세차게 내렸다. 그런데 아까 그 진드기 녀석이 또다시 달라붙었다. 귀신 노래는 집에 가서 들어도 되는데, 너무 무서워서 혼자서는 못 듣겠다는 것이다. 만약 오늘 친구들과 같이 듣게 해주시면, 선생님 말씀을 잘 듣고 어쩌고저쩌고하면서 칭얼댔다. 하지만 세상에 공짜가 없다. 나는 조건을 제시해 주었다.

"좋다! 그러면 어제 음악 시간에 배운 둥당기타령을 멋지게 불러봐

라. 그렇다면 기회를 주마."

열세 살 변성기 남학생의 취약점을 간파한 고난도 과제였다. 그런데 웬일로 숙맥 병석이가 선뜻 앞으로 나왔다. 아이는 오로지 인터넷 귀신 노래를 듣겠다는 일념으로 꺼이꺼이 노래했다. 혼자 보기 아까운 통곡 같은 노래라서 나는 적이 실망하는 표정을 지어 보였다. 자신이 생각해도 이건 아니다 싶었는지, 아이는 조용히 제자리로 들어갔다.

또 다른 도전자들이 나타났다. 이번에는 문국이와 상하와 봉조가 삼중창으로 제대로 불러보겠단다. 녀석들이 인해전술로 고래고래 돼지 멱따는 소리를 질러댔다. 하지만 역시 '아니올시다'였다. 노래를 듣고 있던 내 가슴이 그야말로 '둥당기' 소리를 내며 무너졌다. 그런데 이게 웬일? 엉망진창 삼중창이 끝나자마자 우레와 같은 함성과 박수가 터져 나왔다. 이 녀석들이 어디서 짜고 치는 고스톱을? 기가 차서 말이 안 나왔지만, 한편으로는 그놈의 귀신 노래가 뭔지 정체가 좀 궁금해졌다.

떼쟁이를 불러내어 교사용 컴퓨터에서 문제의 노래를 검색해보라고 했다. 책상 앞에 앉은 녀석이 침을 꼴깍 삼키면서 자판을 두드렸다. 그 모습을 바라보는 아이들 표정이 각양각색이었다. 신경을 곤두세우고 노래가 흘러나오길 학수고대하는 아이. 미리 겁을 먹고 두 손으로 귀 막고 눈을 찔끔 감는 아이. 입으로는 '우리 그딴 것 듣지 말아요!' 하면서도 눈은 간절히 귀신 노래를 갈구하는 아이.

"맞나? 맞나?"

마침내 저희끼리 무언가를 찾아놓고 긴가민가하고 있었다. 내가 고개를 빼고 힐끗 보니 검색어가 '미궁'이었다. 오호라, 황병기 가야금! 나는 순식간에 귀신 노래의 정체를 파악했다. 아직 그 곡은 듣지 못했지만, 신문에서 관련 기사를 본 적이 있었다. 하지만 어리석고 어린 나의 제자들은 자신들이 바라던 귀신 노래를 코앞에 두고 '이게 아닌 것 같다'며 뒤통수를 긁고 자기 자리로 돌아갔다. 애가 달은 아이들이 한마디씩 하였다.

"그 노래 듣는 사람은 몸이 점점 굳어진다 하던데요."

"여자 귀신 울음소리가 나와서 귀신 노래라 하던데."

"살 째지는 소리도 나온다 하더라."

나는 도탄에 빠진 백성을 구하는 사또 마음으로, 칠판에다가 큼지막하게 '유언비어'라고 썼다. 그리고 말없이 컴퓨터 자판을 두드려 '미궁' 검색 결과를 보여주었다. 유언비어의 증거가 교실 텔레비전에 둥실 떠올랐다.

-황병기: 국악 연주가. 1936년 5월 31일 서울 출생. 이화여대 교수, 하버드대 초청 교수, 가야금의 명인

-미궁: 1975년 초연된 곡으로 가야금과 사람 목소리로 연주. 전위적인 작품으

로 곡의 구성뿐만 아니라, 연주에 있어서도 가야금을 바이올린 활을 이용해 아쟁처럼 연주하는 등 새로운 시도가 돋보이는 명작

나는 주워들은 지식을 동원하여 귀신 노래와 미궁의 상관관계를 알려주었다.

"예술을 하는 사람들은 늘 새로운 도전을 한단다. 다른 사람이 하던 방법 말고 자기 고집대로 새로운 방법으로 세상에 하나뿐인 작품을 만들고 싶어 하지. 귀신 노래가 아니라 우리 가야금으로 만든 세계적인 명작이라 하지 않냐. 명작!"

나는 녹즙기 홍보사원처럼 말했다. 눈치 빠른 아이들은 담임 말을 믿지 않고 의문을 제기했다.

"샘! 그 노래 만든 사람은 그다음 날 바로 죽었다던데요?"

"황병기라는 아저씨 지금도 살아 있습니까?"

내 친구 최병기는 잘살고 있지만, 황병기 교수는 모르겠고 뭐 이러쿵저러쿵 말이 필요 없다. 일단 곡을 들어 보기로 했다. 시작부터 음악이 범상치 않았다. 재생 버튼을 누르고 약 4분 가까이 여자 목소리로 '우~ 우~우~ 우~' 웅얼거리는듯한 소리만 나왔다. 처음에는 평이하던 소리가 점차 떨리더니 울음 같은 소리로 바뀌었다. 그리고 간드러진 여자 웃음소리와 남자의 헛웃음 같은 소리가 섞여 나왔다. 소름이 돋았다.

"애들아, 안 되겠다. 우리들이 듣기에 어려운 음악이야. 너무 실험

적이야!"

아무래도 아이들한테 정서적으로 좋지 않을 것 같았다. 나는 얼른 영상 정지 버튼을 눌렀다. 때맞춰 수업을 마치는 종이 울렸다.

아이들이 모두 하교한 뒤 혼자 미궁을 틀었다. 그러나 이번에도 다 듣지 못하고 10분이 경과할 즈음 정지 버튼을 눌렀다. 창밖에 세차게 비 내리고 어둑해진 교실에 혼자 있었던 탓만은 아니다. 새로운 시도, 현대 음악, 전위적 예술 이런 단어들이 기괴한 음악과 함께 혼란스러웠다.

황병기 교수의 가야금 산조 미궁은 인간의 희로애락을 표현하고, 깨달음을 얻어 피안으로 가자는 것이 주제라고 한다. 나로서는 백번 쯤 들어야 겨우 발꿈치에나 닿을 수 있는 것 같았다. 나는 아직 앎이 지극하지 못하여 미궁에 빠져들지 못했다. 이제 이 글을 읽는 여러분에게 차례다. 어떻습니까? 오늘 밤 미궁에 한번 빠져 보실랑가요?

염소 간은 누가 먹었나
-옛날 옛적 어느 시골 학교에

옛날 옛적에 별 두 개를 단 군인이 대통령이 된 시절이 있었다. 그 세월 언저리에 대위 출신이 낙하산을 타고 내려와 교육장을 하고, 중령을 제대한 군인이 교육감을 하기도 했다. 믿거나 말거나가 아니다. 지금 하려는 이야기는 그 시절 풋풋한 초임교사가 세월이 흘러 교감이 된 뒤 나에게 들려준 체험담이다.

시골 국민학교에 왕처럼 군림하던 교장이 있었다. 뭐든 자신이 제일 똑똑하고 자기 말이 곧 법이었다. 학교 사택에 거주하던 그 교장은 가끔 감기를 핑계로 출근하지 않고, 사택으로 선생님들을 오라 가라 할 정도였다. 상명하복 군사문화에 사는 힘 없는 평교사들은 결재판을 옆구리에 끼고 운동장을 가로질러 사택으로 갔고, 그 대단한 교장이라는 사람은 파자마 바람으로 안방에서 결재를 했다.

어느 날 교장이 뜬금없는 제안을 했다. 염소 한 마리를 잡아서 회식을 하자는 것이다. 누가 토를 달 수 있을까. 교직원들은 찍소리 못하고 경비를 갹출했고 소사 아저씨가 동네에 가서 염소 한 마리를 학교로 몰고 왔다. 신이 난 교장은 체육복 차림으로 나서서 학교 뒤편 공터에 가마솥을 걸었다. 그런데 하필이면 교육청에서 긴급한 전화 연락이 왔다. 관내 교장단 임시 회의가 있으니, 학교장은 즉시 읍내 교육청으로 모이라는 것이었다.

교장은 자신이 학교로 복귀하는 시간에 맞춰 회식을 시작할 수 있도록 염소를 장만하라는 지시를 내렸다. 뉘 명이라 거절할까. 명을 받은 소사 아저씨가 시간을 딱 맞춰 염소를 잡았다. 살은 숯불에 구워 먹을 수 있게 발라서 썰어 놓고 뼈는 가마솥에 넣어 폭폭 고았다. 아이들이 모두 하교하고, 이제 교장만 오면 부드러운 염소 고기를 숯불에 올려 구워 먹을 수 있게 만반의 준비가 되었다.

교장의 복귀 시간이 자꾸 늦어졌다. 모두 군침을 삼키며 교문 쪽을 바라보고 있었다. 참다못한 총각 선생이 소주 한 병을 깠다. 하지만 아직 교장이 시식하지 않은 터라 선뜻 염소 고기에는 손댈 수 없었다. 대신 접시에 따로 담아 둔 싱싱한 생간을 쓱쓱 썰어 안주로 내놓았다.
"이 정도는 표가 안 나겠지요?"
총각 선생은 말했다. 다른 교직원들도 별일 있겠냐 싶어 사이좋게 소주 한 순배씩 돌렸다.

마침내 창문 너머 신작로에 완행버스가 서고 교장이 잰걸음으로 학교로 왔다. 교직원들이 불판 앞으로 벌떼처럼 달려들어 본격적인 만찬을 시작했다. 부어라. 마셔라. 모처럼 화기애애한 분위기가 숯불처럼 달아올랐다. 그런데 열심히 고기를 드시던 교장이 갑자기 생각난 듯이 물었다.

"염소 간이 안 보이네?"

빈속에 술이 들어가 알딸딸해진 총각 선생이 호탕하게 대답했다.

"간요? 교장 선생님 기다리다가 말라서 곶감 되겠더라고요. 그래서 우리가 갈라 먹었습니다. 하하하하!"

총각 선생이 유쾌하게 웃었다. 안타깝게도 그들 중 누구도 교장이 염소 간을 무지 좋아한다는 사실을 몰랐다. 순간 교장은 끄응 앓는 소리를 냈지만, 모두들 메뚜기 이마빡보다 좁은 교장 심사를 파악하지 못하고 희희낙락했다. 지글거리는 불판처럼 끓어오르던 교장이 드디어 폭발했다. 교장은 들고 있던 젓가락을 쾅 소리가 나도록 식탁에 내려놓고 고함을 질렀다.

"이것들이 날 뭘로 보는 거야!"

흥분한 교장은 난로 위에 지글거리는 고기 불판을 번쩍 들어서 총각선생이 앉아 있는 창문 쪽으로 홱 던졌다.

"와장창!"

창문 깨어지는 소리가 나고 여교사들이 자지러지듯 비명을 질렀다. 교장은 제풀에 못 이겨 씩씩거리더니 총총히 사택 쪽으로 가버렸다.

그 황당한 상황에 어떤 사람은 화들짝 놀라 안절부절못하고 또 어떤 선생들은 혀를 끌끌 차며 실소를 하였다. 아무튼 난장판이 된 교무실을 정리하고 교직원들은 삼삼오오 흩어져 늦은 퇴근을 하였다.

그날 밤, 소사 아저씨가 학교 인근 마을에서 하숙을 하고 있는 총각 선생 방문을 두드렸다. 그는 '교장이 지금 학교 교무실로 빨리 오란다'는 말을 전하고 어둠 속으로 황급히 사라졌다. 총각 선생은 안 그래도 아까 먹던 야들야들한 염소 고기가 눈앞에 아른거려 속을 끓이고 있던 참이었다. 그래서 '혹시 교장 선생님이 뒤늦게 행패를 후회하고, 남아 있는 염소 고기를 나누어 먹자고 그러는 게 아닐까' 싶어 밤길을 나섰다.

학교에 도착해서 교무실 문을 열어보니, 교장은 체육복 차림에 검은 가죽장갑을 끼고, 교무실 책상 위에 양반다리를 하고 앉아 있었다. 그는 짐승처럼 웅크리고 앉아 노려보고 있었다.
"네가 제일 먼저 간 묵자 했다며?"
교장은 총각 선생이 대답할 틈도 없이 달려들어 다짜고짜 멱살을 잡았다. 총각 선생도 욱하는 성질 참지 못하고 대들었고, 급기야 둘은 학교 뒤편 공터로 자리를 옮겨, 기어코 한바탕 드잡이를 하였다.

그날 한밤중에 일어난 일은 아무도 본 사람이 없었다. 누가 이겼는지 졌는지 달이 떴다면 달님이 알 터이고 달이 뜨지 않았다면 당사자만 알 터이다. 다음 날 아침 총각 선생은 어깨에 잔뜩 힘을 주고 의기 양양하게 교무실로 들어왔고, 교장은 몸살을 핑계로 또 사택에 누워 오뉴월 쇠불알처럼 늘어져 있더라는 이야기다. 실화냐? 당연히 실화 다. 옛날 옛적에는 지금은 상상할 수 없는 그런 이상하고 재미난 이 야기가 많이 있었다.

자장면 세 그릇
-수학여행 기차를 향해 손 흔들던 아이

　국민학교 6학년 때 수학여행을 못 갔다. 전학온 지 얼마 되지 않아 친한 친구들도 없었고 집안 사정도 좀 그랬다. 수학여행을 가지 못한 아이들은 아침 일찍 철교가 보이는 강둑에 모여 새마을 청소를 했다. 새마을 청소는 원래 매월 첫주 일요일 아침에 하던 봉사활동이지만, 그날은 선생님도 친구들도 모두 떠나 수업을 할 수 없는 우리에게 주어진 대체 일정이었다. 여학생들은 호미로 잡초를 제거하고 남학생들은 기다란 대빗자루로 강둑길을 쓸었다.

　얼마나 지났을까. 하필 그 시간에 강둑 위 철교에서 기적 소리가 들리더니 덜컹덜컹 열차가 지나가고 있었다. 옆에서 풀을 메던 여학생이 갑자기 기차를 향해 두 손을 흔들었다. 그 옆에 있던 여학생도 두 손을 모아 입에 대고 소리를 질렀다.
　"잘 갔다 와!"
　열차 차창 밖으로 우리 학교 아이들이 보였다. 수학여행을 떠나는 친구들이었다. 몇몇이 아이들이 우리를 알아보고 손을 흔들어 답해 주었다. 나는 모르는 척 고개를 돌렸다. 순하고 착한 여학생들이 기차가 철교를 건너 사라질 때까지 손을 흔들었다.

중학교 2학년 때는 수학여행을 갈 수 있었다. 여전히 집안 사정이 나아지지 않았지만, 어머니는 어찌어찌 여행 경비를 마련해 주셨다. 목적지는 경주였다. 읍내 역에서 탄 완행열차는 점심때가 되어서 부산역에 도착했다. 우리는 부산역에서 내려 경주로 가는 열차로 갈아타야 했다. 인솔 선생님은 틈새 시간 동안 부산역 근처에 있는 중국집에 가서 자장면을 먹을 것이라고 했다. 우리는 환호성을 질렀다.

나는 부산역 개찰구를 빠져나오자, 선생님이 말해 준 중화반점을 향해 조랑말처럼 달렸다. 빨간 간판과 차양이 드리워진 진짜 중국집이었다. 입구에서 뚱뚱한 반점 주인이 우리를 맞이하였다. 그는 경주마 결승선에 속속 도착하는 들뜬 조랑말들을 이 층 내실 안쪽 자리부터 착착 배치하였다. 수학여행 손님을 받는데 이력이 난 솜씨 같았다. 선착순에 강한 나는 이층 제일 안쪽에 자리 잡아서 두 번째로 자장면을 받았다. 아! 자장면!

역시 그 황홀한 맛이란! 검고 윤기 나는 면을 한 젓가락을 집어 그냥 입에 넣었을 뿐인데, 쫄깃한 자장면이 저절로 목구멍을 타고 내려갔다. 그야말로 게 눈 감추듯 한 그릇을 해치웠다. 양이 너무 적어 간에 기별도 오지 않았다. 자장면 한 그릇을 비우는데 단 일 분도 지나지 않았다. 나는 아쉬움을 벌컥벌컥 물을 마셔 달래고는 터벅터벅 일 층으로 가는 계단을 따라 내려갔다.

그런데 뒤늦게 도착한 친구들이 좁은 계단을 우르르 밀려 올라왔다. 나는 떠밀리다시피 하여 뒷걸음질을 쳤다. 일부러 그런 것이 아닌데, 어쩌다 보니 자의 반 타의 반으로 빈자리에 털썩 주저앉게 되었다. 다른 친구들은 모두 자장 그릇에 코를 박고 있던지라, 이 상황을 전혀 신경 쓰지 못했다. 나는 아무 말도 안 하고 얌전히 앉아 있었다. 동작 빠른 종업원이 재빨리 내 앞에 자장면을 내려놓았다. 세상에 이런 행운이 있을까 호박이 넝쿨째 두 덩이나 떨어진 기분이었다.

이번에는 속도를 조금 늦추어 먹기로 했다. 부드러운 면과 향긋한 자장이 튀지 않게 젓가락으로 고루 섞어서 음미하였다. 이전보다 훨씬 더 맛있었다. 하지만 내 의지와 상관없이 자장면 그릇은 금세 빈 그릇이 되었다. 이제 미련 없이 일 층으로 가는 계단을 내려갈 수 있었다. 더 이상 몰려서 올라오는 친구들도 없었다. 그렇게 일 층에 내려가니, 담임 선생님이 나를 보고 꽥 고함을 질렀다.
"야, 인마! 넌 왜 또 내려오는 거야?"

그냥 내려올 때가 되어서 내려올 뿐인데, 선생님이 왜 내려오느냐고 물으시니 할 말이 없었다. 나는 철부지 학생들을 일일이 챙겨 먹이시느라 고생하시는 선생님을 힘들게 해 드린 것 같아 약간 미안했다. 선생님은 우물쭈물하는 내가 측은해 보였던지, 주방을 향해 소리쳤다.

"아저씨, 여기 자장면 한 그릇 빨리 갖다 주세요!"

그러시고는 손짓으로 나를 부르더니 내 귀를 잡아당겨 당신 자리에 앉혔다.

"으이그 짜식이, 멍청하게 제 자리도 못 잡고 말이야."

누가 감히 선생님 말씀을 거부할 것인가! 나는 내 귀가 조랑말 귀때기처럼 늘어져도 아프지 않았다. 그래서 선생님 옆에 다소곳이 앉아 세 번째 자장면을 비볐다.

부산역 근처 중화반점에서 점심을 마친 우리는 경주로 가는 열차에 몸을 실었다. 배가 든든하니까 스멀스멀 잠이 왔다. 나는 가볍게 덜컹거리는 기차 흔들림을 편안하게 받으며 차창 밖을 바라보았다. 낮은 공장과 굴뚝들이 휙휙 지나갔다. 그 순간 국민학교 6학년 때 수학여행을 못 가고 철교 밑에서 새마을 청소하던 우리들이 생각났다. 그날 철교 위를 지나가는 기차를 향해 하염없이 손을 흔들던 속 없는 여학생은 이번에도 수학여행을 오지 않았다. 그 학생은 국민학교를 졸업하고 방직공장으로 돈 벌러 갔다.

주홍빛 노파심

-엄마 마음에 내려앉는 여린 노파심 하나

방학이 되었다. 대학생 딸이 시골에 혼자 계신 할머니와 며칠 지내고 싶다고 해서, 함께 시골집으로 갔다. 엄마는 우리가 도착하자마자 장바구니를 챙기고 장에 갈 채비를 하셨다.

"할매가 맛난 거 해주께잉."

딸은 쉬면서 집 보게 하고 엄마를 따라 장으로 갔다. 장날이라서 공용주차장이 꽉 찼다. 주차장을 한 바퀴 돌다가 기름집과 떡집 사이에 공간을 발견하고 주차를 시켰다. 그런데 길 앞에서 마른 고추를 펴놓고 있는 영감이 차를 빼라고 고함을 질렀다. 자기 땅도 아닌 공영주차장에 전을 펴 놓고는 되레 큰소리였다. 장날마다 마른 고추를 팔러 장사하는 분들 중에서 유독 그 영감만 마치 자기 땅인 것처럼 텃세를 부렸다. 나는 개의치 않았고 주차를 시켰다. 그리고 차 안에서 지팡이와 시장바구니를 꺼내서 엄마와 함께 장마당 속으로 갔다.

지팡이를 짚고 걷는 엄마 걸음이 보통 때와 달랐다. 보통 때는 사람들과 부딪히지 않게 조심조심하면서 좌우를 둘러보며 가는데 그때는 안 그랬다. 내가 따라잡기 힘들 정도로 서둘러 걸어가셨다. 엄마의 지팡이가 쫓겨 가는 황새 다리처럼 바빴다.

"좀 천천히 갑시다. 왜 그렇게 바쁩니까?"

엄마는 대답할 틈도 없다는 듯 묵묵부답하고 열심히 걸었다.

당신은 시장통 초입에 들어서자마자, 묻지도 따지지도 않고 말린 고구마 줄기를 사셨다. 의외였다. 콩나물 오백 원어치를 사더라도 최소한 장마당을 두 바퀴는 돌고 나서 사는 알뜰 엄마인데….

"장보고 나서 무슨 약속 있어요?"

"엄써."

엄마가 지팡이와 함께 넘어질까 봐 걱정되었다. 아무래도 아까 그 고추 장수 영감 때문에 불안해서 그러시는 것 같았다. 나는 장난삼아 슬그머니 엄마 앞길을 몸으로 막았다.

"아이고, 비키라!"

"천천히 갑시다. 든든한 아들이 있는데 뭐가 그리 걱정이요."

당신은 살짝 웃었다. 하지만 여전히 바쁜 걸음을 늦추지 않고 서둘러 조개와 피망과 고등어를 사서 장바구니에 담았다. 그리고 채소전으로 가서 복숭아 오천 원어치와 사과 오천 원어치를 샀다.

"됐네. 그만 가세."

불과 십 분 남짓 지났다. 내가 엄마 따라 장에 온 수십 년 동안, 일찍이 이렇게 빨리 장보기를 마친 적이 없었다. 엄마가 장 볼 것들을 적어놓은 꼬깃꼬깃한 종이를 나에게 넘기더니, 빠진 것 없나 확인해보라고 하셨다. 두부가 빠져서 오던 길을 돌아가서 두부를 샀다. 그런데 이번에는 거스름돈도 받지 않고 가는 바람에 두부 장수가 큰소리로 엄마를 불러 세웠다. 당신은 급한 마음에 받은 잔돈을 땅에 떨어뜨렸다.

엄마가 바빠서 우왕좌왕하신 것이 그 영감 때문이라 생각하니 은근히 부아가 났다. 주차장에 도착하니 도끼눈으로 우릴 바라보던 영감이 말도 안 되는 푸념을 늘어놓았다. 고추 안 팔리는 화풀이를 우리 엄마처럼 순한 사람들한테 하는 것 같았다. 내 차를 빼내고 뒷거울로 보니 다른 차가 기다렸다는 듯이 그 자리에 차를 넣고 있었다.

차가 시장통을 벗어나자 기분이 좀 괜찮아졌다. 그런데 어머니는 아직도 긴장된 눈빛으로 풀지 못했다. 대체 왜 그러시나 생각하는데, 그제야 문득 집에 있는 딸 생각이 났다.

"엄마, 혹시 서희 때문에 그렇게 마음이 바빴어요?"

"하아!(그래)"

엄마가 차창을 보며 중얼거리셨다.

"다 키워 놓은 예쁜 딸을 누가 채가면 어쩔 것이냐?"

고추 장수가 아니라 손녀 때문이었다. 인적 드문 외딴집에 당신은 오랫동안 홀로 지내셔도, 스물넷 손녀는 잠시라도 혼자 두기가 걱정되신 것이다. 엄마 가슴에는 마른 나뭇잎 같은 잔걱정이 그렇게 내려앉았다. 바람이 불어주어야 흩어지는 여린 주홍빛 노파심이었다.

소안거미

-안주는 소박했지만 맛은 거대했다

    퇴근길이 허전했다. 혼자 있어도 궁상스럽지 않을 포장마차를 찾아 하염없이 걸었다. 걷다가 보니 큰길 뒤쪽에 옛날 영화 포스터로 입구를 꾸민 주점이 있었다. 열린 문으로 안을 보니 손님이 한 명도 보이지 않았다. 너무 썰렁것 같아 그냥 지나치려다가 주점 창문에 써 붙여놓은 '소안거미'를 보고 마음을 바꿨다. 나는 이미 삼십 분 넘게 걸어 더 이상 배회할 힘도 없었다.

    미닫이 출입문을 열고 들어가니 천정에 달린 백열등과 한자가 섞인 신문지로 도배한 벽이 그 시절 감성을 자극했다. 벽면 한쪽에는 낡은 교과서들이 줄을 맞춰 서 있었다. 누군가의 손때가 묻어 있을 빛바랜 국어 산수 자연책이었다. 내실 여기저기에도 '소안거미'라는 글귀가 붙어 있었다. '소박한 안주이지만 맛은 거대합니다.' 나는 약간 설레어 국밥과 소주를 시켰다.

국밥이 나오는 동안 책을 꺼내 넘겨보았다. 1964년에 발행된 책이었다. 정성을 다해 그린 삽화와 낯선 문장이 이채로웠다. 교과서 군데군데 연필로 적어놓은 아이 글씨가 반가웠다. 국어 11원, 자연 8원, 사회 12원, 사회지도 23원. 오래전 어느 교실 까까머리 아이가 몽땅 연필 끝에 침을 묻혀가며, 칠판에 있는 글을 받아쓰는 모습이 떠올랐다. 집에 가서 어머니에게 보여 드릴 2학기 교과서 책값이리라.

국밥이 나왔다. 보던 책들을 제자리에 꽂아두고 국밥 한 숟갈 떠넣었다. 소안은 맞지만 거미는 아니었다. 다시다 스프를 넣어 억지로 만든 맛. 나는 꽂아두었던 국어책을 다시 꺼냈다. 첫 단원은 끝말잇기와 수수께끼와 스무고개가 차례로 나오는 재미난 내용이었다. 다음 단원에는 동시가 나오고 뒤이어 반공 의식을 드높이는 생활문도 나왔다.

국어책 중간쯤에서 '물의 여행'이라는 제목의 이야기를 보고 눈이 번쩍 띄었다. 권정생 선생님이 지은 '강아지 똥' 이후 내가 발견한 최고의 동화였다. 주인에게 종이와 볼펜을 빌려 그 내용을 베껴 적었다. 이야기 한 단락 읽고 소주 한잔 마시고, 또 한 단락 옮겨 쓰고 국밥 한 술 떠 넣고 그랬다. 맛없는 국밥은 저절로 목구멍을 따라 넘어갔지만, 기억의 창고에서 먼지를 털고 나온 필름은 눈부시게 돌아갔다.

<물의 여행>

나는 언제부터 우리들이 이런 하늘에 훨훨 떠다니게 되었는지 모른다. 내 이름이 구름이라는 것도 이제 겨우 알았다. 그런데 지금 우리들은 어디로 자꾸만 내려가는 것일까?

"얘, 검은 구름아, 우리는 지금 어디로 가는 것이냐?" 하고 곁에 있는 동무에게 물어보았다.

"제 이름도 모르는 바보 좀 봐. 이젠 너도 나도 구름이 아니고 빗방울이야."

"빗방울? 그런데 우리는 지금 어디로 내려가는 것이냐?"

"곧 알게 될 거야. 우리는 인제 땅에 떨어진단다."

"땅에 떨어지면 무척 아플 걸."

"아프긴 무엇이 아파. 바위나 돌에 떨어지지 말고 나뭇잎이나 풀 잎 위에 살짝 떨어지면 되지 않나?"

"그런 걸 어떻게 우리 마음대로 할 수 있어?"

"바람에게 부탁하면 돼. 괜히 쓸데없는 걱정 말고 보고만 있어. 재미있는 일이 얼마든지 있을 테니. 우리 인제 먼 여행을 떠나게 된단다."

이야기하는 동안에 우리는 벌써 나뭇잎 위에 떨어졌다. 나뭇잎 위에서 굴러서 풀잎 위로, 풀잎에서 또 아래로 자꾸만 내려갔다. 낮은 곳으로 낮은 곳으로 흘러내려 가는 것이 우리들의 성질인가 보다.

"떡갈나무야, 떡갈나무야! 우리는 지금 어디로 가는 것이냐?"

이번에는 곁에 있는 떡갈나무에게 물어보았다. 떡갈나무는 바삭바삭 웃으며

"너희들이 모르는 걸 난들 알겠니?"

"우리는 이렇게 한 곳에만 서 있으니까 어디가 어딘지 알 수 없다. 아까 사슴이 이리 지나갔으니 만나거든 물어보렴."

낮은 곳으로 낮은 곳으로 한참 내려가니 정말 사슴이 있었다.

"사슴아, 사슴아, 지금 우리가 어디로 가는 것이냐?"

"조금만 더 내려가면 좁은 골짜기가 있는데, 거기 가면 너희 동무들이 많이 모여들 것이다. 또 얼마 더 내려가면 큰 골짜기를 지나서 벌판을 지나게 된단다. 그럼, 시냇물아 잘 가거라!"

알려준 사슴은 딴 데로 가버렸다.

사슴은 우리보고 시냇물이라고 불렀다. 사슴의 말은 틀림없었다. 작은 골짜기를 내려가고, 큰 골짜기를 나오는 동안, 우리들의 동무들은 자꾸 불어났다. 제법 '철철철' 하고 노래까지 부르며 흘러내렸다. 갑자기 낭떠러지를 만나면, 첨벙 뛰어내려 바위에 부딪혀서 부서졌다 다시 모이고, 다시 모여 흰 물거품을 내면서 숨이 가쁘게 바삐 흘러내린다. 정말 재미있는 여행이다. (…생략…)

그러다가 물방울은 두 갈래 길을 만난다. 한 길은 그냥 평안히 바다로 가는 길이고, 다른 길은 도시를 지나서 바다로 가는 길이다. 물방울은 도시 사람들에게 도움을 주고 싶어 도시로 가는 물길을 택하고 마지막에 바다로 이르게 된다는 것으로 끝을 맺었다.

책장을 넘기는 내내 포근했다. 1960년 시골 국민학교 교실에서 까까머리 남자아이들과 짧은 단발머리를 한 여자아이들의 글 읽는 소리가 들려오는 듯했다. 물방울처럼 긴 여행을 떠나 이윽고 어른이 된 그 아이들도 이 도시 어디쯤에서 잘살고 있으리라.

어쩌면 그중 어른이 된 까까머리 남자아이가, 소안거미가 적혀 있는 저 문으로 들어와서 나처럼 국밥과 소주 한 병을 시킬 수도 있겠다. 나는 누구와 만날 약속이 있는 사람처럼 국밥이 다 식을 때까지 그 자리에 앉아 있었다.

함박웃음 이한나
-언덕 위 외딴집에서 찾은 행복 하나

 소풍을 다녀왔다. 아이들이 썰물처럼 학교를 빠져나갔다. 나는 교무실 의자에 노곤한 다리를 걸친 채 자울자울 졸고 있었다. 그때 교무실 문이 드르륵 열리더니 아이 얼굴 하나가 쏙 들어왔다. 아이는 나를 보고 대뜸 "선생님, 운동장에 어떤 할머니가 울고 있어요!"라고 했다. 무슨 일인가 싶어 아이를 따라나섰다. 정말 할머니 한 분이 아이처럼 화단 옆에 앉아 계셨다.

 '무슨 일로 그러시냐?'라고 여쭈니, 소풍 갔다 온다던 손녀가 시간이 지나도 오지 않아서, 집 밖으로 나와 찾다 보니 학교까지 오셨단다. 손녀가 보이지 않아 어째야 좋을지 모르겠다고 말하시는 할머니 목소리가 가늘게 떨렸다. 내가 보기에 걱정되는 사람은 손녀가 아니라 오히려 할머니였다.

 손녀 이름을 물었더니 '이한나'라고 했다. 한나! 우리 반 못난이 한나! 나는 웃으며 내가 담임이라고 말씀드렸다. 아마 아이들이 소풍 여흥이 남아 어디선가 놀고 있을 것이니 걱정하지 마시라 하고 할머니를 교무실로 모시고 왔다. 나는 우리 반 아이들이 모여 있을 만한 집 몇 군데에 전화를 돌렸다.

잠시 후, 운동장 저쪽 교문으로 짧은 단발을 나풀거리며 한나가 달려오고 있었다. 열한 살 수다쟁이 한나. 작은 눈과 까무잡잡한 피부를 가진 말괄량이. 공부는 못하지만 날마다 뭐가 그리 좋은지 늘 웃고 다니는 아이. 그 아이가 활짝 웃으며 교무실에 들어와 할머니 품에 안겼다. 할머니는 "아이고, 내 새끼야!" 하며 울먹였다. 아이가 고사리 같은 손으로 할머니 눈가를 닦아주었다. 열한 살 한나가 어른처럼 할머니를 부축하고, 허리 굽은 할머니는 아이처럼 손녀를 의지하면서 교무실을 나섰다.

나는 창문가로 가서 할머니와 손녀가 운동장을 걸어가고 있는 모습을 보았다. 한나는 가끔 걸음을 멈추고 할머니 눈물을 닦아 드렸다. 그 광경을 바라보던 이전 담임 선생님이 말했다.
"한나 부모님은 몇 해 전 교통사고를 당해 함께 돌아가셨어요."
나는 할머니가 손녀를 그토록 걱정하는 이유를 알았다. 한나는 부모님이 돌아가신 후에 오빠와 함께 할머니 댁에 와서 살게 되었다.

그 일이 있고 얼마 안 있어 가정방문이 시작되었다. 나는 우리 반 아이 몇몇을 길잡이 삼아 동네를 순회했다. 한나네 집은 마을과 조금 외떨어진 곳이라 제일 마지막에 방문했다. 언덕을 올라 외딴집 낡은 대문을 들어서자, 마루 한쪽에 개다리소반을 펴놓고 숙제를 하던 한나가 깍듯이 인사를 하였다.

"에이, 선생님 오신다고 공부하는 척하시네."

아이들이 놀리자, 한나가 헤헤 웃었다. 한나는 고구마와 시원한 물을 쟁반에 담아 내놓았다. 제법 손님맞이를 하였다. 마당에 빗자루로 쓴 자국이 가지런히 남아있었다. 좁은 마루도 반질반질하게 닦아 놓았다. 할머니는 밭에 가서 아직 돌아오지 않으셨고 중학생 오빠도 해가 저물 때가 되어야 온다고 했다.

마루에 걸터앉아 집안을 살펴보았다. 처마 밑 벽에 사진 액자 두 개가 나란히 걸려 있었다. 하나는 갓을 쓴 노인 사진이었고, 다른 하나는 결혼식 사진이었다. 사진 속 신랑과 신부가 함박웃음을 짓고 있었다. 그 웃음이 한나를 닮아 밝고 고왔다. 그런데 사진 아래 벽에 삐뚜름하게 써 붙여놓은 글귀가 보였다. 자세히 보니 '화목'이었다. 정성 들여 써 붙였지만, 가로 선이 맞지 않아 우스웠다. 딱 보니 한나 글씨였다. 한나한테 물었다.

"네가 쓴 거냐?"

"예."

이번에는 열심히 고구마를 먹고 있는 길잡이 아이들한테 물었다.

"애들아, 화목이 무슨 뜻인 줄 아나?"

"……."

모두 당나귀 숭례문 현판 보듯 멀뚱멀뚱 바라보고 있었다. 한나한테 다시 '화목'이 무슨 뜻인지 물었다. 한나가 대답했다.

"우리 할머니하고 오빠하고 오래오래 사는 거요."

그래그래 맞다. '화목'이란 사랑하는 사람들이 오래오래 함께 사는 것이다. 나는 사진 속 신랑과 신부를 대신해서 한나를 쓰다듬어 주었다.

한나네 집을 나섰다. 가파른 내리막을 걷다 보니 해가 벌써 서산마루에 걸려 있었다. 밭에 가신 할머니도 읍내 중학교 간 오빠도 아직 오지 않았으니, 한나네 저녁밥은 늦어질 것 같다. 그렇지만 내일 새벽은 할머니와 오누이가 사는 외딴집에 제일 먼저 찾아올 것 같았다.

선생님 선생놈
-뒤발로 냅다 찰까. 그냥 귀를 접을까.

그해 유월 어느 날 한나와 나는 '가훈 자랑 대회'를 마치고, 읍내 식당에 앉아 갈비탕이 나오기를 기다리고 있었다. 식당에는 우리처럼 대회에서 입상하지 못한 학생들과 인솔 교사가 모여 있었다. 그때 식당 내실 안쪽에서 잔뜩 흥분한 목소리가 들렸다.

"심사가 말이야. 개판 오 분 전이야!"

아까부터 울분을 참지 못하고 씩씩거리던 선생님이었다. 그는 주위 사람들 들어 보라는 듯 심사위원 자질과 대회 운영을 신랄하게 비판했다. 하지만 선뜻 동조하는 사람은 없었다. 그 선생님이 지도한 학생도 입상하기에는 부족했고 심사도 대체로 공정했다. 그에 비하면 내가 데리고 출전한 한나는 정말 아쉬웠다.

사실 그때 우리 학교에는 충진이라는 걸출한 어린이 연사가 있었다. 인물이 달덩이같이 훤하고 두뇌가 명석할 뿐 아니라. 웅변에 천부

적인 소질이 있어서 대회에 나갔다 하면 최우수상은 떼놓은 당상이었다. 학교장은 이번에도 충진이가 출전하여 학교의 명예를 드높여 줄 것으로 기대했다. 하지만 나는 반대했다. 충진이 대신 한나를 출전시키겠다고 했다.

한나는 단발머리에 까무잡잡한 피부를 가진 전형적인 시골아이였다. 공부도 그저 그렇고 생김새도 평범했다. 더구나 웅변은커녕 수업 시간에 발표 한번 시원하게 해본 적이 없는 숙맥이었다. 그럼에도 내가 굳이 한나를 선택한 이유가 있었다.

첫째, 이번 대회 주제가 '가훈'이다. 한나는 부모님이 일찍 돌아가시고 할머니와 중학생 오빠와 살고 있었다. 내가 지난봄에 언덕배기 외딴집에 사는 한나 집에 가정방문을 갔을 때, 한나가 색연필로 '화목' 이라고 적어 벽에 붙여 놓은 글을 보았다. 한나한테 화목이 무슨 뜻인 줄 아느냐고 물었더니, '우리 할머니가 오래오래 사시는 것'이라고 했다. 나는 그 말에 감동했다. 아이의 속 깊은 바람을 참된 가훈으로 널리 알리고 싶었다.

둘째, 이번 대회는 웅변대회가 아니라 발표대회이다. 한나는 부모님이 돌아가시기 전에 서울에 살아서, 서울 억양이 조금 남아있었다. 이번 대회는 작은 여자아이의 차분한 서울 목소리가 더 어울린다. 약간 과장된 감정과 동작이 필요한 웅변보다 훨씬 설득력 있을 것 같았다. 더구나 원고 내용은 한나가 직접 체험한 이야기다.

내 말을 듣고 난 선생님들이 동조해주었다. 이번 대회에도 당연히 자기 아들이 출전할 것이라고 믿고 있던 충진이의 아버지도 쾌히 양보해 주었다. 나는 신이 나서 순식간에 원고를 완성했다. 한나도 발표할 내용이 바로 자신의 이야기라 하루가 다르게 쑥쑥 실력이 늘었다.

마침내 군대 가훈 자랑 대회가 열렸다. 읍내 극장에는 초중고 학생들이 꽉 찼다. 차례로 연단에 오른 학생 연사들이 주먹을 불끈 쥐어 외치고 눈물로 호소했다. 하지만 관에서 주도하는 행사가 대부분 그렇듯, 학생들은 교실을 벗어났다는 자유로움으로 듣지 않아도 대충 짐작이 가는 뻔한 계몽적인 이야기에 시큰둥했다.

식당에서 심사를 성토하던 선생님이 지도한 학생도 그랬다. 학생은 나이에 어울리지 않게 신파조로 발표를 했다. "아! 어머님의 두 눈에서 옥구슬 같은 눈물이 똑.똑.똑 떨어져 옷섶을 적시고…"라는 대목에서는 객석 여기저기서 웃음이 나왔다. 나이 드신 선생님이 어린 중학생 목소리를 빌려 자신의 감성을 호소하려는 티가 너무 많이 났다.

아무튼 사회자가 대회장 분위기를 활기차게 바꾸려고 호응과 박수를 요청했지만 관객은 줄곧 심드렁했다. 그 맥 빠진 분위기 속에 한나 차례가 되었다. 한나는 약간 부끄러운 듯 고개를 숙이고 단상에 올랐다. 관중들은 잠시 어린 연사에 관심을 보여주는가 싶더니, 이내 고개를 돌리고 끼리끼리 웃고 떠들었다.

한나는 연습한 대로 심호흡하고 조곤조곤 이야기를 시작했다. 한나가 사는 외딴집과 꼬부랑 외할머니 그리고 착한 오빠 이야기가 차분하게 흘러나왔다. 다른 연사들의 웅변과는 사뭇 다른 말투와 생경한 소재가 잔잔한 호수에 던진 돌처럼 천천히 파문을 일으켰다.

한나는 힘들지만 외롭지 않은 이유와 가난해도 행복한 까닭을 차분히 이야기했다. 장내는 천천히 숙연해지고 딴청을 피우던 관객의 시선이 작은 연사를 향해 하나둘 모아졌다. 나는 맨 뒷자리에 앉아 감동의 물결이 흐르는 순간을 숨죽이고 지켜보았다. 마치 영화의 한 장면을 보는 듯했다.

그런데 연설이 절정에 이르렀을 때, 한나가 갑자기 입을 닫았다. 모두 초조하게 다음 이야기를 기다리는데 어린 연사는 말문을 열지 않고 가만히 서 있었다. 지도교사인 나도 그 까닭을 알 수 없어 안절부절못했다.

"쟤, 왜 그래 왜?"

"어머, 어째 저걸 어째?"

여기저기서 안타까운 목소리가 들려왔다. 한나는 마지막 부분에 말할 원고 내용을 떠올리지 못했다. 사회자가 원고를 보고 해도 된다고 손가락으로 원고 넘기는 시늉을 해 보였다. 하지만 온통 자신에게 집중된 시선이 부담스러웠을까. 열한 살 꼬마 연사는 꾸벅 인사를 하고 곧바로 단상을 내려왔다.

게다가 당황한 한나는 연단을 내려오다가 발을 헛디뎌 계단에서 넘어지기까지 하였다. 다행히 다치지 않고 금방 일어나 자리로 돌아갔지만 모두 할 말을 잃고 바라만 보고 있었다. 10초도 지나지 않는 시간에 일어난 일이었다.

"그때 당황하지 말고 원고를 보고 읽어도 되는데 왜 그랬냐?"

갈비탕이 나오자, 나는 비로소 한마디 하였다. 한나는 아무 말도 하지 않고 빙그레 웃었다. 녀석은 어쨌든 속이 후련한 모양이었다. 하긴 내 잘못이 크다. 잘하는 법만 지도했지, 실수에 대처하는 법을 가르치지 않았다.

잠시 후, 기다리던 갈비탕이 나오고 한나와 말을 멈추고 배를 채웠다. 그런데 아까부터 심사위원을 성토하던 중학교 교사가, 이번에는 학생 연사들 이야기를 꺼냈다. 언뜻 들어 보니 한나 이야기가 나왔다.

"아까 말이야, 그 초등학생이 연설하다 말고 내려오다가 넘어질 때 말이야. 대체 인솔 선생놈은 코빼기도 안 보이데? 얼른 달려와서 아이를 안고 양호실로 가야지. 그게 선생이야? 하여튼 요즘 젊은 선생놈도 다 틀려먹었어!"

그 순간 내 목구멍을 넘어가던 갈비탕이 켁 하고 막혔다. 안 그래도 속에서 끓어오르는 마음을 다독거리고 있는데, 이 무슨 개뼈다귀 같은 일인가 싶었다. 당장 자리를 박차고 가서 당나귀처럼 발길질을 하고 싶었지만 참았다. 어린 학생 앞에서 차마 그럴 수 없어 무심한 당나귀처럼 두 귀를 접었다. 선생님이 졸지에 선생놈 되기 한순간이었다.

엄마 내
-그 아이가 너무 오래 기다리지 않기를

    동시를 배우는 시간, 제목 '엄마 무릎'을 아이들과 낭송해 본다. '엄마'라는 단어가 붙으면 시든 노래든 모두 다 정겹다. 낭송하는 아이들 입이 처마 밑 둥지에서 어미 제비를 향해 일제히 빨간 입을 벌리는 새끼 제비처럼 앙증맞다.

엄마 무릎

임길택

귀이개를 가지고 엄마한테 가면
엄마는 귀찮다 하면서도
햇빛 잘 드는 쪽으로 가려 앉아
무릎에 나를 뉘어 줍니다.
그러고 선 내 귓바퀴를 잡아 늘이며

갈그락갈그락 귀지를 파냅니다

"아이고, 니가 이러니까 말을 안 듣지"
엄마는 들어낸 귀지를 내 눈앞에 내보입니다.
그러고는
뜯어놓은 휴짓조각에 귀지를 털어놓고
다시 귓속을 간질입니다.

고개를 돌려 누울 때에
나는 다시 엄마 무릎 내를 맡습니다.
스르르 잠에 빠져듭니다.

'엄마 내'라는 시어가 가슴에 와 닿았다. 나는 책을 덮고 열한 살 어린이들에게 물었다.
"엄마 내 맡아본 사람?"
수업 목표는 글쓴이의 중심 생각 찾기인데, 뜬금없이 '엄마 내'를 물으니 모두 아리송한가 보다. 하나같이 눈만 동그래질 뿐 대답이 없다. 아이들 키가 엄마 어깨에 닿을 만큼 많이 자라서 그 향기가 가물가물한 걸까. 찬찬히 떠올려 보라고 했다.
"우리 엄마한테 가면 화장품 냄새가 나는데요."
"엄마가 방 닦을 때 땀 냄새가 났어요."

"엄마 옆에 가면 샴푸 냄새가 나지 않나?"

나는 도리질을 하였다. 다른 사람한테서는 느낄 수 없는 엄마 냄새, 엄마가 없어도 맡을 수 있는 엄마 냄새라고 말했다. 아이들은 다시 잠잠해지고 나는 좀 안타까워졌다.

엄마 냄새를 찾으려는 듯 코를 씰룩거리는 아이, 손가락만 입에 물고 멀뚱멀뚱 천장을 바라보는 녀석, 짝꿍과 눈을 맞춘 채 '대체 뭐지?' 하는 아이 등 각양각색으로 고민하였다. 새롭고 다양한 대답이 나올 줄 알았는데 참 의외다. 하지만 아이들이 엄마 냄새를 꼭 찾기를 고대하며 더 기다려 보았다. 이윽고 맨 뒷줄에서 손이 하나 불쑥 올라왔다. 우리 반에서 제일 큰 일형이다.

"베개에서 엄마 냄새 맡아 봤어요!"

눈이 번쩍 뜨인다. 그래 맞다! 맞다! 나는 너무 반가워 박수를 쳐주었다. 아이들 모두 '아참 그렇지' 하는 표정을 지었다. 고사리손이 여기저기 우후죽순으로 올라왔다.

"엄마가 안아 줄 때 그 냄새 말이죠. 나도 전에 맡아 봤어요."

"젖먹이 우리 동생이 잘 때 목에서 나는 냄새와 비슷해요."

"나도 기억나요. 달콤하지는 않은데 달콤한 것 같은 냄새예요."

교실 안은 어느덧 포근한 엄마 냄새가 가득했다. 모두 다른 사람은 알 수 없는 자기 엄마만의 그 향기를 이제야 느끼는 듯 미소 지었다. 하지만 더 이상 길게 '엄마 냄새'에 대해 말하지 못하고 교탁에 내려

놓은 책을 펼쳤다. 왁자지껄한 가운데 한 아이가 우울해지는 모습을 보았기 때문이다

　그 아이는 아빠와 동생과 셋이 살고 있다. 가끔 퇴근할 때, 텅 빈 운동장에서 유치원 동생과 놀아주는 아이를 만난다. 엄마처럼 동생을 돌보는 착한 아이다. 그 아이가 너무 오래 기다리지 않았으면 좋겠다. 엄마 내는 엄마가 없을 때 사무치게 그립다.

사진
-어머니는 소풍날을 앞둔 아이처럼 천진난만하게 웃었다

지난 토요일, 어머니가 계시는 순천집에 갔다. 옷 갈아입으러 작은 방에 들어가니 벽에 어머니 사진이 걸려 있었다. 전에 없었던 액자 사진이었다. 지금 모습보다 젊어 보이긴 하지만 사진 속 내 어머니는 영락없는 시골 할머니셨다. 저번에 왔을 때 당신이 하신 말씀이 떠올랐다.

"장에 가서 먼 길 갈 때 쓰라고 사진 찍어 놨다. 사진사 양반이 예쁘게 뽑아 준다 해서 옆집 할매도 찍었다."

어머니는 마치 내게 허락을 얻는 것처럼 말씀하셨다.

가만 보니 컴퓨터 그래픽으로 주름을 없애고 살결을 희게 한 것 같았다. 세월 자국을 지운 흔적이 역력했다. '사진을 보면 나도 참말로 많이 늙었구나 싶다'라고 버릇처럼 말씀하시던 어머니였다. 그런데도 사진을 손수 벽에 걸어두셨다는 것은 그 사진이 당신 마음에 썩 드셨다는 뜻이리라. 저녁상을 받으며 내가 말했다.

"작은 방에 웬 새색시 사진이 있습디다."

어머니가 진짜 새색시처럼 호호 웃으셨다. 정말 사진이 마음에 드셨나 보다. 어머니는 그 사진보다 몇 배나 더 고운데 당신은 그걸 잘 모르신다. 갓 절인 생김치를 찢어 놓아 주시며 어머니가 말씀하셨다.

"인자 찬바람 불어 방에 들어앉으면 먼 길 갈 때 입고 갈 옷만 맹글면 된다."

어머니 취미는 바느질이고 유일한 재산은 앉은뱅이 재봉틀이다. 당신은 젊을 때부터 그것들을 벗 삼아 밥 수건부터 한복까지 온갖 것을 다 만들어 냈다. 올 설날 손자 손녀 한복까지 다 지어 입히신 당신은 이제 '멀리 갈 때 차려입을 옷'을 지으신단다. 어머니는 소풍날을 앞둔 아이처럼 천진난만하게 웃었다. 나도 우울하게 보이지 않게 웃어주었다.

저녁 먹고 나서 한밤이 되었을 때, 어머니가 또 부엌에서 또닥거리고 계셨다. 토끼처럼 초저녁에 일찍 잠드시는 당신은, 내가 올 때마다 그러신다. 이윽고 어머니가 구부정한 허리로 소반을 들고 들어오셨다. 은빛 감도는 회를 썰어 담아 놓고 그 옆에 매실주 한 대접을 곁들여 놓았다. 매실주 빛깔이 유난히 고왔다. 나는 벌떡 몸을 일으켜 소반 앞으로 다가앉았다.

"그럼 그렇지, 우리 엄마가 맛있는 것 줄줄 알았지!"

달콤한 매실 한 잔 톡 털어 넣고 회 한 점 잘강잘강 씹으며 어머니한테 말했다.

"아이구, 맛있어라. 울 엄마가 안 주면 어디서 이런 거 얻어 묵나. 오래 살아서 이런 거 많이 해 주소."

"그래그래. 우리 아들 맛있능 거 해줄라고 오래 살아야 되것다."

어머니는 그렇게 화답해 주셨다. 만개한 꽃 같이 웃는 엄마를 찬찬히 보았다. 유난히 마디가 굵고 거칠어진 손이 안쓰러웠다. 꼭 살아생전 외할머니 손 같았다. 우리 엄마가 어느덧 노파가 되신 것이다. 그래서 당신이 먼 길 가실 때 쓸 사진을 준비하고, 이제 입고 가실 옷을 지으신단다. 나는 속으로 말했다.

'엄마, 엄마 아직은 먼 길 가지 마세요.'

금슬
-거문고와 비파의 노래

    지리산 아래 외딴집에 노부부가 살았다. 언제부터인가 늙은 아내가 병들어 눕고 늙은 남편이 집안일을 맡았다. 아침에 일어나 제일 먼저 하얀 요강 단지를 씻어 햇살 잘 드는 앞뜰에 엎어 두었다. 밥 짓고 빨래하고 청소도 하였다. 오랜 세월 아내가 말없이 하던 일이다. 오후에는 마루를 닦고 마당을 쓸고 흰 고무신 두 켤레를 뽀득뽀득 씻어 댓돌 아래 가지런히 두었다. 허리가 꼬부라질 때까지 아내가 하던 일이다. 이제 늙은 남편이 담숭담숭 그 일을 한다. 아픈 아내는 마루 끝에 앉아 내내 남편을 바라본다. 늙은 남편의 굽은 등이 송구하다.

    "남자한테 그런 일을 하게 해서 미안해요."

    아내의 애틋한 시선이 등에 머무르고 있음을, 남편은 돌아보지 않아도 안다. 노인이 우울해진 노인을 위해 뒷짐을 지고 느릿느릿 닭장으로 간다. 노인 얼굴이 소년처럼 밝아져서 닭장을 나온다. 두 손에 담겨 있는 달걀 두 개를 아내에게 건넨다. 오랜 세월에도 식지 않는 남편의 온기가 고스란히 아내의 두 손에 전해진다. 아내가 소녀처럼 함박웃음을 짓는다.

"추운데 이제 그만하고 이쪽으로 오세요."

아내가 마른 손으로 마루를 쓰다듬어 자리를 권한다. 따스한 햇살이 어느새 금빛 돗자리를 깔아주고 남편이 아내와 나란히 앉았다. 햇살처럼 곁에 있는 아내가 고맙다. 남편이 아내에게 말했다.

"나한테 시집와 오래 살아줘서 할멈이 좋소."

"영감님도 늘 곁에 있어 주어서 고마워요."

남편은 따뜻한 물을 데워 아내의 머리를 감겨주었다. 아내는 순한 아이처럼 머리를 맡겼다. 남편이 서리 내린 아내의 머리카락을 참빗으로 빗겨주었다. 아내가 얌전하게 돌아앉아 비녀를 꽂는다. 남편이 말했다.

"자네, 머릿결이 시집올 때처럼 곱소."

남편의 목소리가 옛날 옛적 사대 관모를 쓴 신랑 때와 똑같았다. 홍조 띠고 부끄럼을 타는 아내 모습도 족두리를 쓰고 수줍어하던 새 신부 모습 그대로다.

이윽고 밤이 오고 노부부는 잠자리에 나란히 누웠다. 천장을 보고 반듯하게 누운 늙은 남편이, 옆으로 손을 내밀어 늙은 아내의 손을 잡았다.

"할멈, 우리 한날한시에 같이 갑시다."

"그래요. 한날한시에 같이 가요."

늙은 내외는 감실감실 단잠이 들었다.

옛 악기 '금슬'이 그러하단다. 거문고 금(琴)과 비파 슬(瑟)은 제소리를 잃지 않으면서도 서로 어우러져 아름다운 곡조를 빚어낸단다. 기쁜 자리와 슬픈 자리를 금슬지락의 애틋한 정으로 오래오래 함께 하였단다. 그래서 '금슬'이란다.

파랑새처럼
-교실에는 맑고도 투명한 실개천이 흐른다

맑은 아침, 아이가 학교 현관에서 하얀 실내화로 갈아 신는다. 계단을 올라가는 발걸음이 새처럼 가볍다. 콩콩 단숨에 교실까지 오는 걸음이 얼마나 날렵한지, 파랑새 한 마리가 실개천을 스쳐 오르는 듯하다. 아이들에게는 어른이 갖지 못한 가벼움의 미학이 있다.

교실에 들어온 열한 살 지우가 제 자랑을 쏟아놓았다.

"선생님, 우와! 나 어제 대박 났어요."

"뭔데?"

"원호가 날 좋아한데요. 문자로 그랬어요."

덜컹이 원호가 여학생한테 관심을? 그 무뚝뚝이 개구쟁이가? 아무래도 뻥 일 것 같다. 그래서 '어디 한번 보자'라고 했더니, 서슴없이 휴대폰 화면을 공개해 주었다. 헐! 휴대폰 액정화면에는 이렇게 적혀 있었다.

"오! 대단한데!"

나는 놀란 마음을 감추지 않았다. 지우 양도 '뭐 그 정도는 아무것도 아니죠'라는 도도한 눈빛을 보내고, 제 자리로 휘리릭 돌아갔다. 지우가 떠나자, 아까부터 옆에서 지켜보던 꼬맹이 서은이가 부러운 듯 내게 말했다.

"지우, 대따 인기 좋아요. 다른 반 남자아이도 좋아해요. 민혁이도 좋아해요."

민혁이까지? 이건 진짜 장난이 아니다. 민혁이가 누군가! 하얗고 작은 얼굴에 오뚝 선 콧날. 검은 띠 삼품을 자랑하는 시 대표 어린이 태권왕이다. 지난달, 봄소풍을 갔을 때, 우연히 같은 장소로 소풍 온 여중생들이 '누나들하고 사진 한번 찍자. 제발' 하면서 졸졸 따라다닐 정도였다.

때마침 민혁 군이 황금빛으로 물들인 금발을 휘날리며 교실로 들어왔다. 녀석은 특유의 시크한 표정으로 내게 인사를 했다. 나는 아우라를 발산하며 제자리로 가는 인기남을 불렀다. 그리고 귀에 대고 살짝 물어보았다.

"너 지우 좋아한다며?"

순간, 민혁이는 '아니! 그걸 어떻게 알았지?' 하는 표정으로 나를 살짝 돌아보았다. 그리고 대답 대신 빙긋 웃어 보이고 제자리로 들어

갔다.

꼬마 여학생들은 감추는 것보다 드러내고 싶은 것이 훨씬 많다. 그래서 맑고 투명하다. 첫 시간 수업이 끝나자마자 또 지우가 다가왔다. 이번에는 제 새끼손가락을 하늘로 치켜들고 말했다.

"아이참, 손가락 다쳤어요."

에게게! 겨우 살짝 긁힌 정도다. 이 속 보이는 어리광은 선생님에게 뭔가 할 말이 있다는 신호다.

나는 손가락에 호 해주고 나서, "남자애들이 왜 너를 좋아해?"라고 물어보았다. 지우는 고개를 갸우뚱하더니 잘 모르겠다며 살짝 튕겼다. 나는 진짜 궁금했다. 그래서 한 번 더 채근했다.

"선생님이 비밀 잘 지키는 것 알잖아. 아무한테도 말 안 할게. 진짜로!"

나는 두 손으로 나팔꽃을 만들어 내 귀에 펼쳐 보였다. 지우가 조심조심 다가와 속삭였다.

"예쁜가 봐요. 어제 민혁이가 전화로 그랬어요. 내가 예쁘다고요."

열한 살 아이의 깜찍한 사랑 이야기와 상관없이, 교실 여기저기 아이들이 끼리끼리 모여 웃고 떠들어대는 소리가 들렸다. 맑은 실개천을 따라 춤추는 파랑새들 같다. 돌과 수풀과 바람 사이를 자유로이 날아다니는 파랑새들 사이에서, 나는 참 행복했다.

세상에 둘도 없는 서영재씨표 전어회무침

-짝짝 달라붙는 듯 감칠맛과 사르르 녹아내리는 향긋한 맛

며칠 전, 전어를 사러 술상마을로 갔다. 선창은 파장된 장바닥처럼 썰렁했다. 작은 어선들이 뭍에 묶여 있는 것으로 보아 전어가 잡히지 않은 날인 것 같았다. 전어 배를 기다리는 사람들도 보이지 않았다. 다행히 근처 횟집 수족관에 전어가 눈에 띄었다. 갇혀있는 은빛 전어 앞에서 잠깐 망설였지만, 일 킬로그램 만 원어치를 샀다.

서른 마리 남짓 되었다. 집에 오는 동안 비닐봉지 안에 든 전어가 한참 동안 파닥거렸다. 전어는 끝까지 뛴다. 그 싱싱한 파닥거림에 마음이 바뀌었다. 애초에는 굵은 소금을 쳐서 저녁 밥반찬으로 구워 먹을 작정이었지만 딴생각이 들었다. 가게에 들러 막걸리 두 통을 샀다. 난생처음 전어회를 썰어 볼 참이었다.

집에 와서 칼과 도마와 마른 수건을 준비하였다. 나는 엄마가 하시던 것처럼 전어 속을 내고 머리와 꼬리지느러미를 떼냈다. 그리고 철

철 흐르는 물에 깨끗이 씻어 마른 수건으로 닦아 가지런히 놓았다. 그것까지는 그런대로 할만했다. 하지만 먹기 좋게 뼈와 살만 발라야 하는데 전어가 손끝에서 자꾸 미끄러졌다. 불안하게 지켜보던 아들이 한마디 했다.

"아빠, 그냥 뼈째로 썰어요. 그래도 되잖아요?"

그래 그러자. 난 두말하지 않고 뼈째 썰기 시작했다. 하지만 그것도 수월치 않았다. 횟감은 내 엄마가 하시던 것처럼 얇고 가지런하지 않고 서툰 며느리가 썰어 놓은 무채처럼 굵고 모양이 없었다.

"아무래도 회칼 하나 장만해야겠다."

난 그렇게 연장을 탓하며 전어 서른 마리와 고군분투하였다. 한때 전어장수 아들이었던 내 체면이 말이 아니었다.

중학교 때, 내가 살던 동네는 강물이 바다와 맞닿은 섬진강 하구였다. 동네 사람들은 마을 앞 들판에 농사를 짓고 언덕 밭을 가꾸며 살았지만 겨우 식솔들 입에 풀칠할 수 있을 정도였다. 하지만 동네 사람들은 섬진강 재첩과 전어, 그리고 한겨울 바다에서 따온 김을 팔아 살림살이를 보탰다. 여름이면 우리 어머니도 전어 장사를 하셨다.

바다에서 전어를 가득 실은 배가 강을 거슬러 동네 나루에 닿으면, 뱃사람들은 동네를 향해 외쳤다.

"전어 사러 오시오! 전어 사러 오시오!"

그 우렁찬 목소리가 풀 죽은 마을을 화들짝 일깨웠다. 동네 아주머니들은 나루터로 가 전어를 한 다라이 사서 머리에 이고 전어를 팔러 갔다.

무더운 여름날, 아주머니들은 땡볕에 비지땀을 흘리며 낯선 동네로 가서 전어를 팔았다. 전어가 그 싱싱함을 잃기 전에 팔아야 했다. 읍내 시장과 동네를 종종걸음을 치며, 무거운 전어 다라이를 머리에 이고 내리기를 반복하였다. 여름에서 가을까지 전어는 당신 목을 누르는 고달픈 삶이자 파닥거리는 희망이었다. 엄마는 늦게까지 전어를 팔다가 파김치가 되어 집으로 돌아오셨다.

"고생을 해도 젊어 펄펄 뛰어댕기던 그때가 좋지."

그 시절 이야기가 나오면 엄마는 그렇게 말씀하셨다. 가끔 전어 배가 싣고 온 전어 양이 너무 적어 장사를 갈 수 없는 날도 있었다. 그런 날이면 엄마는 전어 무침회을 만들어 주셨다. 싱싱한 전어를 꽃잎처럼 얇게 떠서 무채로 썰어 초장으로 버무려 내놓은 전어 무침회. 그 솜씨가 얼마나 좋았던지 이웃 사람들은 아예 전어를 소쿠리째 사서 들고 우리 집으로 왔다.

엄마가 만드신 전어 무침회을 상추에 가득 싸서 미어터지도록 입에 넣으면, 사각거리는 무와 함께 어우러진 전어 향이 입안에 가득했다. 짝짝 달라붙는 듯 감칠맛이 순식간에 사르르 녹아내리는 그 감칠맛은, 당신이 칠순을 넘기시고, 내가 막걸리 맛에 길이 든 중년이 되어 버린 지금도 똑같다.

214

"그런데 애비야, 요새는 통 음식 간을 못 보것다. 으째 간이 맞냐? 어떻냐?"

엄마는 몇 해 전부터 습관처럼 이런 말씀을 하시며 회무침을 내놓으셨다. 당신의 미각과 손맛이 예전 같지 않음을 내게 물으시는 것이다. 그러나 나는 아직 우리 엄마가 만드신 것보다 맛있는 회무침을 먹어본 적이 없다. 지난 시절을 추억하며 괜히 하는 말이 아니다. 엄마가 만드신 전어 무침회는 세상에서 제일 맛있고 세상에 둘도 없는 작품이다.

모레, 촌에 가면 우리 엄마는 또 막걸리를 곁들여 전어 무침회를 내놓으시고 간이 잘 맞냐 어떠냐 물으실 것이다. 그러면 짐짓 신중한 표정을 짓다가 딱 부러지게 말씀드려야겠다.

"역시, 서영재씨표 전어 무침회가 최고야!"

돼지를 찾아서

-내 삶의 작은 소품 하나

창원 이모님이 또 오셨다. 이번에는 아예 며칠을 묵어가실 요량으로 옷 보따리까지 챙겨 오셨다. 나는 썩 반갑지 않았다. 우리 엄마의 친언니도 아니고 나이도 겨우 한 살 차이인데, 너무 어른 노릇을 하려 해서 못마땅했다. 순하디순한 우리 엄마는 낮에는 삼시 세끼 따뜻한 밥을 대접하고 밤에는 늦도록 말동무를 해드렸다.

아침만 해도 그랬다. 이모님은 눈뜨자마자 선심 쓰듯 만 원짜리 지폐 한 장을 척 꺼내 놓으며 "동생, 오늘이 장날이지? 우리 삼계탕이나 해서 묵어보세"라고 하셨다. 자신은 허리가 안 좋다는 핑계로 꼼짝도 안 하면서, 이 더운 여름날 생닭을 사 와서 삼계탕을 만들라니 그게 가당키나 한 말씀인가. 내가 출근하려고 나오다가 말고 뭐라고 한마디 하려고 입을 달막달막하는데, 엄마가 웃으면서 눈을 깜빡이며 신호를 보내는 바람에 참고 집을 나섰다. 그런 갑갑한 날이면 교실에 꼭 무슨 일이 터진다.

216

"선생님 돼지가 없어졌어요!"

교실 문을 열고 들어가니 아이들 목소리가 우박처럼 쏟아졌다. 교사용 책상 위에 복스럽게 웃고 있던 우리들의 돼지 저금통. 십시일반 코 묻은 동전을 받아먹고 무럭무럭 자라던 돼지 저금통. 학년을 마칠 때 돼지 잡아 책거리하자던 계획이 물 건너가게 생겼다.

"모두 자리에 앉거라."

교실을 서성대는 아이들을 자리에 앉혔다. 그 속에 그 아이도 있었다. 나는 예정에 없던 훈화를 시작했다. 바늘 도둑과 소도둑 이야기를 말머리로 삼아, 도덕책에 나오는 정직한 생활을 복습시키고 우리 반의 평화를 위한 제안을 건넸다.

"자, 지금부터 모두 눈을 감고 저금통을 가져간 사람은 살며시 손들기."

아무도 손을 들지 않았다. 그럴 줄 알았다.

자백이나 물증이 없으면 반성도 교육도 없다. 나는 물증에 일말의 기대를 걸고 두 번째 과정을 밟았다.

"가방과 호주머니에 있는 물건을 모두 책상 위에 올려놓아라."

하지만 돼지는 이미 누구의 손에 의해서 교실을 떠난 뒤였다. 심증만 있을 뿐 물증이 없다. 나는 고민에 빠졌다. 벌써 세 번째 분실사건이다. 어떻게 하든 바늘과 소 사이 어디쯤에서 긴장하고 있는 그 아이를 구출해야 한다.

퇴근 후 집으로 돌아오니 삼계탕이 기다리고 있었다. 내가 그것을 먹는 동안 이모님은 자기 아들이 사주었다는 건강기구를 내놓고 열심히 자랑하고 있었다. 가만 보니 홈쇼핑에서 광고하는 고주파 치료기였다. 이모님은 겸사겸사 아들 자랑까지 곁들였고, 속없는 우리 엄마는 마냥 웃으시며 장단을 맞추어주었다. 그때 뾰로통한 채, 수저질을 하던 내 머릿속으로 번개 같은 그 무엇이 바로 스치고 지나갔다.

이튿날 아침, 아이들 앞에서 돼지 저금통에 대해 엄숙하게 운을 뗐다.
"선생님하고 친한 친구가 경찰서 형사님이시다."
아이들 시선이 일시에 집중되었다. 그 아이도 움찔하는 눈빛이었다.
"돼지 저금통은 우리들의 기쁨이었다. 그런데 우리는 돈뿐만 아니라 서로를 믿는 마음도 함께 잃어버릴 것 같아서 걱정된다. 그래서 형사 친구의 도움을 받기로 했다."

나는 이제껏 한 번도 시도하지 않은 새로운 대응을 발표하였다.
"내일 아침 열 시에 형사님이 거짓말 탐지기를 가지고 오실 것이다. 오늘 학교 마칠 때까지 마지막 기회를 주겠다. 돼지 가져간 사람은 반성하고 돌려주기 바란다."
최후통첩을 하고 반응을 기다렸지만, 그 아이는 흔들리지 않았다.

다음날 나는 007 가방처럼 생긴 기계를 들고 학교로 가서 교탁 위에 올려놓았다.
"갑자기 사건이 발생해서 형사님이 못 오시게 되었다. 그래서 대신

장비만 빌려왔다."

나는 가방을 열어 내부를 공개하였다. 복잡한 전선에 센스가 부착되어 있고, 수치를 나타내는 다이얼을 돌리니 여러 색깔의 불빛이 반짝거리며 의미 있는 신호를 보냈다.

나는 진짜 형사처럼 말했다.

"이제 선생님은 컴퓨터실에서 기다리겠다. 너희들은 번호 순서대로 한 사람씩 들어와서 이 센스에 손만 살짝 올리면 된다. 협조 바란다. 이상 끝."

출석번호 1번 아이가 컴퓨터실에 들어왔다. 나는 가방을 닫아 놓고 아이를 맞이하였다. 1번 아이 어깨를 두드리며 넌 정직하니까 검사받을 필요가 없겠다고 했다. 대신 부모님은 잘 계시냐, 공부는 할 만하냐, 요즘은 친구 사이는 어떠냐 등 개별상담으로 시간을 보냈다. 2번도 3번도 또 그다음 번호 아이들도 모두 그런 식으로 개별상담 진행을 하였다.

마침내 그 아이 차례가 되었다. 나는 조용히 007 가방을 열면서 말했다.

"네가 정말로 잘못이 없나?"

아이는 묵묵부답이었다. 나도 한참을 입을 닫고 있다가 말했다.

"정직하지 않으면 선생님이 더 이상 너를 도울 수 없을지도 몰라."

아이가 알아들을 수 있을지 몰라도 그건 진심이었다. 아이 손이 가방 쪽으로 선뜻 올라오지 않았다. 내가 아이 손을 잡아 센스 쪽으로 이끌었다. 아이가 화들짝 놀라며 얼른 손을 등 뒤로 감추었다. 내가 다시 물었다.

"너도 이 검사 안 받고 싶제?"

아이가 기다렸다는 듯 고개를 끄덕였다. 상담은 미끄럼 타듯 매끄럽게 진행되었다.

다음 날 아침, 교탁 위에 가출했던 돼지가 활짝 웃으며 아이들을 기다리고 있었다. 우리 반 아이들은 더 이상 범인이 누군지 궁금해하지 않았다. 나도 쥐가 물고 갔다가 돌려주었는지, 고양이가 갖고 놀다가 제자리에 갖다 놓았는지 잘 모르겠다고 하였다.

그 후 그 아이는 착하고 순한 본래 모습으로 돌아왔고, 다른 아이들은 나를 '최형사'라는 별명을 붙여 주었다. 창원 이모님의 고주파 치료기와 빨간 돼지 저금통은 내 삶의 작은 소품으로 남았다.

밥에게 인사를

-고맙습니다. 오늘도 잘 먹겠습니다.

예나 지금이나 교실에서 꼬마들이 제일 많이 하는 질문은 단연 이것이다.

"선생님, 화장실 갔다 와도 돼요?"

그런데 어느 해부터 학교급식을 시작하고 난 후, 아이들의 질문이 하나 더해졌다.

"선생님, 언제 밥 먹으러 가요?"

아이들은 이제 점심시간에 따뜻한 밥과 국을 드실 수 있다. 모두 같이 잔칫집에 초대받은 것처럼 급식소 가는 시간을 묻고 또 묻는다. 도시락 우열의 시대가 가고 급식 평등 세상이 온 것이다.

드디어 기다리던 점심시간이 왔다. 2학년 꼬마들 입이 귀에 걸렸다. 목소리는 너나 할 것 없이 한 옥타브씩 목소리가 올라가고, 출발선에 선 조랑말들처럼 발을 동동 구른다. 그렇지만 급식소로 가는 긴 복도 끝에는 교장실이 있다. 나는 안전한 통과를 위해 사전에 예측

불허 행동을 차단한다.

"모두 머리 손!"

머리에 손을 하면 입이 조용하다. 참 신기하다. 머리 어디엔가에 어른이 모르는 입이 있는지도 모른다. 왁자지껄함이 순식간에 잦아든다. 아이들은 병아리 나들이처럼 줄을 맞추고 급식실로 향한다. 우리 반에서 키가 제일 작은 준영이가 오늘도 제일 앞에 서 있다.

유난히 늦된 준영이는 개구쟁이 그 자체이다. 체육 시간에 준비운동을 제일 하기 싫다고 한다. 선생님 동작을 따라서 하지 않고 염소처럼 버틴다. '왜 안 하느냐?'라고 물으면 '그냥 하기 싫어요'라고 한다. 그냥 하기 싫다는 걸 어떡하겠는가. 세상에서 제일 힘든 일이, 나귀를 물가에 몰고 가서 억지로 물 마시게 하는 일이라 하지 않던가.

급식 시간 준영이는 다르다. 식판과 수저만 들었다 하면, 고분고분 조신해진다. 준영이가 맨 처음 배식을 받는다. 조리원이 큰 주걱으로 김이 솔솔 나는 따뜻한 밥을 퍼담아 준다. 준영이가 꾸벅 인사한다.

"고맙습니다!"

아이 키가 너무 작아서 꼭 밥에 인사하는 것 같다. 오른쪽으로 한 걸음 옮기면 국이 나온다. 준영이는 까치발을 하고 식판을 높이 들어 올린다. 조리원이 조심조심 국물 한 방울 안 흘리고 정성껏 퍼 담아 준다. 국을 퍼주시는 분께도 큰소리로 인사한다.

"고맙습니다!"

이번에 커다란 국자한테 인사하는 것 같다. 조리원이 미소로 답례한다. 그분은 날마다 큰소리로 인사하는 준영이를 잘 기억하고 있다. 다시 오른쪽으로 한 걸음. 이번에는 반찬을 담아주는 분께 감사 인사를 드린다.

"고맙습니다!"

오늘은 후식으로 바나나가 나왔다. 가끔 과일이 나오는 날이면, 모자라는 일손을 6학년들이 돕는다. 6학년 누나가 배식대의 맨 끝에 서서 바나나를 나누어 준다. 노란 바나나에 눈이 휘둥그레진 준영이가 낯선 얼굴을 올려다본다. 6학년도 멀뚱 눈을 맞춘다. 우리 착한 꼬마는 고개를 갸웃하며, 망설이는 듯하더니 인사를 한다.

"고맙습니다!"

바나나도 깍듯한 인사를 받는다. 준영이는 진수성찬이 담긴 식판을 턱밑까지 받쳐 든다. 그리고 새색시 문지방 넘듯 조심조심 식탁으로 간다.

농부가 쌀 한 톨을 얻기 위해 일곱 근이나 되는 땀을 흘린다고 한다. 그 정성에 바람과 비와 햇빛을 더하여, 비로소 온전한 밥 한 그릇이 된다고 한다. 어린 준영이가 밥심으로 어우러져 살아가는 우리네 살림살이를 잘 배우고 있는 것 같다. 나도 배꼽 아래에 처진 식판을 가슴까지 들어 올리고 밥에게 인사를 한다.

'고맙습니다. 오늘도 잘 먹겠습니다.'